ALL
ABOUT
LOVE

ALL ABOUT LOVE

舒芙蕾
遊戲

Sweet, Sweet, Soufflé

by Sophia

01

烤箱裡的舒芙蕾會逐漸膨脹成像廚師的高帽子，出爐冷卻後會慢慢回縮，就像愛情，捧在手心裡總會有種慢慢縮小的感覺。

「舒芙蕾是傳統的法式甜點，趁熱品嚐是最好的，小時候媽媽準備點心時我總是等在烤箱旁，就為了咬下那一口溫熱的幸福。」

蛋糕送進烤箱的時間並不算短，除了利用時間製作淋醬，也必須以話語填補所有人的等候。

我並不擅長，卻必須熟練。

「大家可以仔細看看烤箱裡的舒芙蕾，它們會逐漸膨脹成像廚師的高帽子，出爐冷卻後會慢慢回縮，有點傷心對吧，大概就像愛情，捧在手心裡總會有種慢慢縮小的感覺，但是沒關係，熟練之後找個大一點的模具就好。」

學生們笑了。

同時，烤箱也配合的回歸到零點。

接下來就讓學生們品嚐、拍照，輕輕呼了一口氣，我喜歡烹飪也喜歡甜點，拚命工作存到錢之後開了間小小的烹飪教室，學生大多是有錢有閒的主婦、或者想給男友驚喜的年輕女孩，當然也有少數幾個男學生，其實學生是誰都無所謂，至少他們都會在完成後展現愉快的笑容。

但今天新來的學生引起不小騷動。

我的視線落在教室右後方明顯的聚集，那是他被安排的位置，他的表情佈滿困窘，但圍繞著他的女人或者女孩絲毫不在意，三位男學生彷彿為了拮抗一般也聚在一塊兒。背對那群人。

男人穿著簡潔俐落的襯衫搭配著深藍色休閒西裝外套，合身但不貼身的黑色長褲，隨意套了雙藏青色休閒鞋；目光回到他勉強掛著笑的臉龐，透露剛毅氣息的雙眼，比一般人高聳一些的鼻樑，顯得略薄的唇卻被紅潤的顏色掩去了銳利。

簡單來說是個帥氣並且有個性的男人。

一個小時前男人帶著不情願的表情踏進教室，我想起他是前幾天電話報名的學生。電話不是他打的。一個女人，也許是女朋友，這裡的男學生大抵是類似的原因，妻子的要求或者、想討好某個女人。

大多數的人都抱持著這樣的心思，這樣不壞，我想，為了哪個人而努力製作出一份餐點，摻入感情的味道無論任何佐料都無法匹敵。

我望了一眼牆上的掛鐘，時間差不多了，該是男人被釋放的時候了。

「今天的課就差不多到這裡了，請大家開始整理桌面和器具，下星期一起試試水蜜桃慕斯吧。」我緩慢走向男人的位置，雖然我不會特意招攬學生，但報名的女人以堅定的語調要求我必須確認他的出席，並且希望我「柔性」轉達他，「還習慣今天的課嗎？」

「嗯。」他瞄了我一眼，繼續洗著鍋子。

「被逼來的嗎？」

男人抬起眼終於將視線固定在我身上，我淺淺的笑了，他的聲音混著水聲傳遞而來，「我姊要妳盯著我？」

原來是姊姊。

真是罕見的原因。

「她只是希望你……」我停頓了幾秒鐘，試圖找尋恰當的用詞，「好好享受烹飪課。」

「享受。」他以微妙的語調複誦了一次。「前提是妳能讓那些女人不要圍在我身邊。」

稍稍愣了幾秒鐘我不由自主的笑了。

「嗯……」偏著頭我露出苦惱的表情，「畢竟是分享時間，看來、你讓人很想和你分享呢。」

「難怪那女人會要我來上妳的課。」

「什麼？」

「沒、事。」

男人旋即低下頭繼續進行著刷洗，眼角餘光瞄見幾位學生結束整理工作開始往這裡走來，我猜想目標並不是我。我很識相。所以我乾脆的離開他的位置。

學生們往後上課大概多了一個樂趣和一點動力，我愉快的笑了，這樣我說不定省下拚命說話的力氣了。

真好。

推開餐廳的玻璃門，繫在門邊的鈴鐺響起清脆的聲響，在服務生走到我身邊之前我先看見了他，示意對方無須帶位後便逕自走向餐廳最深處的位置。

輕輕呼了一口氣，在他抬起頭之前我先準備好了微笑。

「我遲到了嗎？」

「是我早到。」

微妙的尷尬在句點之後開始蔓延，男人沒有接續的話語也沒有進一步的動作，於是我拉開椅子，讓身體緩慢的滑入定位。

沉默。

幾個呼吸之後空氣裡瀰漫的依然是沉默。

男人以不關心的姿態翻動著菜單，我想他的心思連千分之一都沒有落在菜單的粗黑字體上，只是不想面對我，或者假裝自己的對面並沒有坐著另一個人。女人。

據說這個男人不是很喜歡女人。據說。

我喝了一口水，讓冰涼的液體滑過喉頭並冷卻自己的思緒，我並不是第一次見他，但卻是第一次和他獨處；我明白他不愛說話，然而橫亙在我和他之間的巨大裂縫並不是這一點，而是他強烈透露的氣息：我對妳沒有任何意思。

我有點無奈。

收回視線讓自己表現得像一個專注在菜單上的普通客人，而不是尷尬到連想點餐都找不到合適切入點的女人，飢餓感逐漸佔據我的身體，我又喝了一口水。

「請問兩位要點餐了嗎？」

笑容可掬的服務生彷彿我等待已久的救贖一般，在我和男人之間拋出了聲音，我抬起頭望了他一眼，我那還沒到位的微笑忽然頓住，我只好假裝沒事般轉頭看向服務生。

隨便點了菜單由上往下數的第三道料理，吃什麼都不重要，最好是上菜迅速又能快速吞嚥的料理，盡可能不要太難消化，我想在這個男人對面吃飯，我的消化機能會顯得相當無力；但這不過是徒勞無功的掙扎，所以我加點了熔岩巧克力蛋糕。

餐點完了，沉默又接著來了。

之所以不得不進行這場晚餐完全是伍秋陽的緣故，男人是他的摯友，一個很久沒有談戀愛的摯友、配上一個很久沒有談戀愛的可愛妹妹，剛剛好，我不自覺的嘆了一口氣，剛剛好，一想起伍秋陽的語氣我就毛骨悚然。

總之他大概不是真心想撮合我和對面的男人，只是覺得有趣罷了。

無論如何我忍受不了這樣的尷尬。

「我不知道伍秋陽跟你說了些什麼，也不管你為什麼會赴約，但我還是說清楚比較好，我對你沒有任何意思，無論從任何角度來看都一樣，對我而言你只是伍秋陽的朋友，就只有這麼多了，也只會有這麼多了。」

他的目光終於正視我了。

男人長得相當好看，儘管對我而言膚色偏白了點，但最讓人退卻的是被遮掩在鏡片之後的冷冽雙眼，彷彿散發著強烈的「不要再靠近任何一毫米」的氣息，所以我也始終保持著比適當還要更適當的距離。

但最不適當的是我和他之間的接點是伍秋陽。

「秋陽說妳喜歡我。」他的語調一如既往的冷淡，但他的嗓音意外的好聽，「不是喜歡，我記得他用的是『愛慕』。」

「你也知道伍秋陽說的話一百句裡面只有一句能信。」

「即使如此，也不能排除這就是那唯一一句能相信的話。」他輕輕扯了嘴角，卻沒有多作停留，「不管是事實或是秋陽一貫的惡作劇，我赴約都是為了來拒絕妳的。」

真是一點也不留情面。

拿起玻璃杯想喝水卻發現杯子早已經空了，我斂下眼又抬起眼，「總之我不喜歡你。」

他似乎沒有打算回應我，於是我又開始顯得尷尬，煩躁的望著空了的玻璃杯，我忽然明白，原來自己除了不喜歡話多的男人之外，這種話太少的類型更讓我無法招架。

幸好前菜來了。

接著男人再也沒有開口，直到步出餐廳基於禮貌才扔出「再見」兩個字，望了他果決離去的背影，囤積在我體內無以宣洩的尷尬終於耗盡了我所有力氣。

好累。

我果然消化不良。

用叉子有一搭沒一搭的戳著離自己最近的那不勒斯披薩，強烈的番茄醬香氣撲鼻而來我卻一點食慾也沒有，千碧和泰迪相當沒有同情心的大肆吃食，還把我正在戳的那片披薩給搶走。

「吃不下剛好可以減肥。」

「我們替妳胖就好了，」千碧的手毫不客氣的伸向紅絲絨蛋糕，那是我今天的試作品。「很夠朋友吧。」

「真是委屈你們了。」

「這就是朋友。」

泰迪邊說邊把最後一塊披薩放進嘴裡，雖然是下午兩點但這是他的第一餐，正常作息不是插畫家應該做的事，他很堅定的表明這一點。

心灰意冷的時候只好喝水。

「不過秋陽哥說得其實也沒錯，妳已經很久沒談戀愛了，再這樣下去妳會習慣單身的。」

「單身沒什麼不好。」

「是沒有不好，但愛情會讓人看見不一樣的世界，也會讓妳有更多製作甜點的靈感。」

「如果遇上對的時間又遇上對的人的話，我當然會——」

我的話停在男人的眼神之中，忽然想起自己還軟趴趴的黏在桌上，迅速坐起身但對方早已撇開眼走向櫃台。

這裡是千碧的大嫂開的咖啡廳，不知道從什麼時候開始最內側角落這張桌子成為我們的保留桌，我們三個人三天兩頭就聚在這裡消磨時間或者追趕時間。

泰迪總是抱著電腦趕工又不知道哪來的手抓著畫本迅速的打著草稿，我也拿著筆記本思考著食譜，偶爾會鑽進吧檯借用廚房，千碧則完全在消磨時間，雖然待業中但她沒有經濟上的壓力所以也就認真的持續待業中。

「看什麼？」千碧順著我的目光看去，「妳剛剛說對的時間跟對的人，那就——」

「那是我的學生。」

「近水樓台先得手。」泰迪湊了過來。

「是得月。」

「得月有什麼用，得手才是重點。」

「去打招呼。」千碧推了推我的手臂。

「不要。」

但千碧和泰迪全然無視於我的個人意念，一人一邊架著我就往櫃台走，大嫂不解的看著我們，直到我被扔到男人面前。

「真巧……」真是丟臉。

「先生你的美式咖啡好了。」

男人轉過頭去伸手拿取飲料，我就這樣被晾在一旁，沒有地方前進，也找不到適當的時間後退，千碧和泰迪發現狀況極其尷尬後就假裝什麼也沒發生過的躲回原位，我的眼神飄啊飄的，這陣子我到底是犯什麼沖，跟那個男人也尷尬，跟這個男人也淨是尷尬。

「呃、我只是來打個招呼，我先——」

「如果不趕時間的話，一起喝咖啡吧。」

「什麼？」

「咖啡。」他揚了揚手中的飲料，「需要幫妳點一杯嗎？」

我不太理解事情的進展。

總之我和男人面對面坐在靠窗的位置，他拿的是外帶杯，我想他起先沒有坐下的意思，但此刻卻表現得如同他本來就打算坐著慢慢品嘗咖啡；千碧大嫂倒了一杯蘋果汁給我，還插上吸管，不是將吸管擺在一旁而是幫我撕開包裝又直接插進玻璃杯裡，強烈的展現出「做作一點沒關係」的意味。

除了我自己以外，我身邊的所有人都設法將我推進愛情的漩渦之中。

但那終究是漩渦。

「我姊和老師說了什麼嗎？」

「沒什麼，她只是希望我確認你每堂課都有出席。」

男人的姊姊帶給我相當深刻的印象，電話接通後一確認是我本人就乾脆的替他報名課程。

「不管內容是什麼反正讓他學會做幾樣甜點就可以，要『好吃』而不是能吃的程度，因為是我要吃的。」

我什麼都來不及說她就醞釀著掛斷的前奏，「啊、還有，請老師確認他每堂課都有到，只要他晚到個五分鐘就請立刻，立、刻，聯絡我，我保證會讓他在下一個五分鐘內抵達教室。」

然後電話就掛斷了。

連學生的名字都沒有告訴我，瞄了男人一眼，儘管上了一堂課，不、正是因為上了一堂課，反而更難開口問他的名字，仔細想起來還挺荒謬的，我居然不知道自己學生的名字。

所以我應該問嗎？

「有件事希望能和老師商量。」

「什麼事？」

「請妳假裝我有去上課。」

「這我可能……」

「我就直截了當的說了，我不是自願的，這還是委婉的說法，妳也看到了，我一點也不喜歡甜點，任何的甜食都不喜歡，連咖啡也只喝黑咖啡，一踏進教室撲鼻而來濃郁的甜膩氣味我完全受不了，所以我沒辦法去上課。」

他的語氣中隱約透著壓抑，彷彿「到甜點教室上課」這件事像束縛靈一般緊緊綁在他身上，因而他無所不用其極的想擺脫。

「但是我不能對你的姊姊說謊。」

「老師，我知道交易是要付出代價的，我可以給妳學費五倍，不、十倍的價錢……」

——錢？

男人的聲音忽然像巴掌一樣狠狠搧在我的臉頰，我開甜點教室雖然是為了生活但不是為了賺錢，我可以理解他不喜歡，他可以採取任何方式來請託，但唯一我無法接受的就是人們覺得最輕鬆愉快的金錢。

並不是什麼都能以金錢作為交換。

不是。

「不想來上課的話就不要來了，我不會拿你的錢，也不會替你說謊。」

我猛然站起身，以冰冷的眼神盯望著男人，他的神情滑過某些不解與錯愕，彷彿他完全無法理解為何我會突然憤怒。

但我沒有解釋的必要。

或者該說我沒有辦法解釋。

「喂——」

沒有理會男人的叫喊我逕自走回千碧和泰迪在的位置，我先走了，把桌上的東西亂七八糟的塞進背包裡，咬著唇頭也不回的跑出咖啡廳。

我知道自己是在遷怒。

男人雖然想用金錢解決但那並不足以激怒我，我只是不小心又想起某些畫面，我想他大概不會再出現在教室了，但那樣也好，我可能也沒辦法若無其事的面對他。

定下心神之後才發現自己走到了甜點教室附近，也許在思緒過於混亂的時候身體會主動將自己帶到能夠沉澱的地方也說不定；沿著熟悉的柏油路緩慢的踏著，我聽見某種旋律反覆的響著，花了一段時間才意識到那是自己的電話鈴聲。

來電顯示是千碧。

「喂——」

「我打了幾百通了妳才接，為什麼突然跑走，那男的對妳說了什麼嗎？」

「沒事啦。」我扯開嘴角後才意識到電話另一端的千碧看不見我的表情，「妳就當我突然精神錯亂所以沒有理由就突然暴走，走一段路之後就好了。」

從千碧那端傳來——

「總之，有什麼事就打電話給我，妳也知道我時間多得沒地方用。」

「知道了。」

掛斷電話後才發現累積了三十一通未接來電，是千碧和泰迪輪流撥的，把手機收進背包，剛好走到甜點教室門前，想拿出鑰匙才發現背包內根本是戰場。

撈了好一陣子終於找到鑰匙，轉開門的瞬間香甜的氣味撲打在我的臉上，深深吸一口氣，對我而言這的確是最安定心緒的味道。

放下背包在第一張桌子邊坐下，忘了開燈，但適應之後這樣的光線已經足夠。乾脆睡個有點晚的午覺好了。

我媽總是告訴我，無論有什麼事，能睡得著就不是大事。

才剛趴下，教室的門就突然被打開，我忘了鎖門，應該不會是小偷吧，不會，小偷不會那麼乾脆，但這時間誰會開門走進來？

不知道該怎麼辦我只好採取遇見熊的策略，僵硬的趴在桌上假裝什麼都沒有察覺，據說某些小偷很容易就會被激怒，讓他偷完東西他就會乾脆的離開。

我繃緊神經，也許錯誤的開端是那個男人的出現，又或者是我突然失控的反應；可能我的身上始終背負著危險的引信，他不過是輕輕摩擦便燃起火花，猛然引爆。

那是一種選擇而非必然，然而我卻以迎接必然的姿態消極的放任自己。

趨近的聲響拉扯著我的思緒，我咬著唇感覺神經緊繃到幾近斷裂的臨界，腳步聲越來越靠近，早知道就挑最深處的位置了。

不要過來，拜託，不要靠近我——

「啊——」

在小偷的手放上我肩膀的瞬間我再也無法克制的放聲尖叫，緊緊閉著雙眼、摀住自己耳朵，總之就是拚命的尖叫。

但小偷沒有進一步的動作，沒有制止我，大概是跑了，接著我筋疲力盡的停下叫喊，雙手也疲軟的垂落，大力吐了一口氣，蹲坐在地上正準備趴下……一道冷冽的聲音如寒風一般的落下。

「結束了嗎？」

聲音彷彿在方才消耗殆盡，這一次我連一個單音都發不出來，只能嘴巴微張呆愣的盯望著眼前的人。男人。冷淡的男人。

昨天才跟我吃過飯的男人。

「你、你……」花了一段時間我才找回發音的方法，「你為什麼會在這裡？」

「秋陽說妳受了巨大刺激可能會尋短，剛好這裡離我的公司很近，他就要我過來找看看。」

「尋短？」

我拚命搖頭。

男人瞪了我一眼。

明明是伍秋陽騙你，你瞪我有什麼用？

雖然這麼想但一想到男人放下手邊的工作特地過來就感到過意不去，大概是千碧聯絡了伍秋陽，而伍秋陽聯絡了他。伍秋陽不是想整他，就是認真想撮合我和他，雖然我強烈的直覺是前者，但這不是此刻該思考的問題。

「工作，不要緊嗎？」

「比起人命當然不要緊，但是比起一個歇斯底里的女人當然是要緊。」

「那——」

「記得打電話給秋陽。」

男人沒有繼續搭理我的意思，乾淨俐落的轉頭，我還坐在地上來不及站起身，只好有些著急的喊住他。

「那個……謝謝。」他停下了腳步，但沒有回應甚至沒有回頭，在他即將再次移動之際，我說，「我還不知道你的名字。」

「傅齊動。」

然後他就這麼走了。

連門都關上了。

陌生而凝滯的兩個人更加需要話語的往返，彷彿試圖以那樣的動作讓周圍的空氣更加順利的流動；並不是為了熟稔，也不是為了消磨時間，單純是一種認定，想著，只要還有話能說就有找到出口的可能。

男人還是來上課了，還提早了將近一小時。也許更早。

在甜點教室附近的轉角我就看見他站在門邊，倚著牆看似不經心的以指腹滑動著手機螢幕，他沒有注意到我的趨近，短暫的停頓之後，我還是先開口了。

「你今天來得很早。」

男人抬起頭，彷彿還沒決定該用什麼表情面對我，總之先站挺身子，拉開一個不那麼流暢的微笑。

拿出鑰匙我打開門，準備將背包放下之際我忽然意識到教室裡只有我和他，我並不擔心他會對我做出什麼不適當的舉動，而是逐漸瀰漫開來的尷尬正確實的爬上我的肌膚。

我不是很擅長和男人相處。

「對不起。」

「為什麼要道歉。」

「前天我不應該跟妳說那些話，就是，在咖啡廳的時候。」

男人似乎也不擅長道歉，但他盡可能的將姿態放低，於是在幾個呼吸之後我轉過身，終於將目光對上他的。

「我不太記得那天的事了。」

「這樣啊。」

男人的笑稍微輕鬆了一些，但話語的尾音消散之後隨之而來的是無法逃躲的尷尬，我想，我不僅不擅長和男人相處，也讓男人不擅長和我相處。

我開始著手準備今天課程，將適當份量的材料分別放到料理台上，水蜜桃罐頭冰涼的觸感竄入掌心，一罐一罐的塞進懷裡，但手中的重量忽然消失，抬起頭我看見他彎下身手中還拿著罐頭。

「我來幫忙吧。」他沒有等我回應就從紙箱中拿出水蜜桃罐頭，「反正我也沒事做。」

「我以為你不喜歡。」

「是不喜歡。」他跟著我將材料整齊的擺放好，「跟妳沒有關係，我從小就不喜歡甜食。」

「是嘛。」

「我以為講師都很擅長說話。」

「什麼？」

「跟第一堂課的印象不一樣，妳不是很流暢的和學生聊天嗎？所以我以為妳很健談。」他側過頭勾起戲謔的淺笑，「看樣子那是營業用性格。」

「大概吧。」

我沒有打算反駁。

突然他停下腳步，差一點我就撞上他，下意識退後了一步，但兩個人之間卻依然隔得太近。

「我還不知道老師的名字。」

「等一下我會給你一張課程大綱，上面會有我的名字。」

「那有電話嗎？」

「有。」直視著眼前的男人，「上面會有營業用的電話。」

男人笑了。

他從上衣口袋拿出一張名片，「我的名片，上面也有營業用的電話。」

韓東延。

我把男人的名片隨手塞進背包裡，整堂課他都相當安分而配合，儘管女學生們又如蜂群一般聚集在他身邊，但他仍舊盡可能的撐著笑。雖然相當勉強。

為了閃躲女學生們愈發強烈的「善意」，至少以我的角度已經看見兩個較熱情的主婦積極的進行「肌膚接觸」；他以無比迅速的姿態收拾好料理台，邁開他修長的腿往教室門口走去，然而他卻捨棄最短距離，選擇踏上我所站立的通道。

沒有停下離去的步伐，卻在擦身而過的瞬間讓他刻意壓低的聲音落下。

「下次見。」微妙的停頓之後他說，「老師。」

來不及回應他就已經走出那道門。

微微發愣的揣想著他彷彿不帶任何涵義的話語，卻沒有深入思索的餘裕，學生們陸續走到我身邊進行禮貌性的寒暄與道別；反射般的勾起笑，流暢的回應並且開著適當的玩笑。

營業用性格。

望著最後一個學生離去的背影，我反覆咀嚼著男人的話語，也許，但沒有什麼不好，只是由一個應該只是學生的男人說出口，總讓我感到細微的動搖。

「紀海音。」

某道熟悉的冷淡聲音猛然將我扯回現實，旋過身我看見他站在門邊，儘管喊了我的名字卻絲毫沒有從門外跨進門內的打算，臉上掛著一貫解讀不出的平板表情，他站在門邊，就只是站在門邊。

「有什麼事嗎？」

「秋陽威脅我來送妳回家。」

「為什麼？」

「我沒有打算理解他。」

「你有什麼把柄握在他的手上嗎？」

「我不需要回答妳這個問題。」

「但我是你被威脅的結果。」隔著相當遙遠的距離我盯望著他，「我可以拒絕你。」

「那妳就拒絕吧。」

儘管這麼回答，卻看不出他有移動腳步的跡象，這麼一次兩次之後我開始懷疑伍秋陽是認真想撮合我和傅齊勳。

然而也正是經過這一次兩次，我稍微明白怎麼和這個男人相處，總之盡可能乾脆的說話，他就會直截了當的回應，當他刻意漠視時就代表這個話題沒有繼續進行的可能。

簡單。乾脆。但讓人心情不爽。

「我不想跟你一起回家。」

「我也不想。」

但我和他的個人意志並不是這整件事的重點。

「我勸你和伍秋陽絕交，人生會過得比較輕鬆愉快。」

「試過三次還是失敗的事我就不會再浪費力氣，但這件事我試了五次。」

他依然是冷淡而沒有起伏的語調，我分不清他說的是事實或是玩笑，但我不小心笑了出來，拿起包包緩慢的往門外走去。

「伍秋陽一定很喜歡你。」

他不理我。

大概這是他的硬傷。

隔著半個跨步的距離他走在我的左手邊，瞄了他一眼，路燈的光芒掩去了他眼底的流光，抿起的唇彷彿宣告著對談的終止。

儘管起先我感到相當尷尬，對於言語這件事，陌生而凝滯的兩個人才更加需要話語的往返，彷彿試圖以那樣的動作讓周圍的空氣更加順利的流動；並不是為了熟稔，也不是為了消磨時間，單純是一種認定，想著，只要還有話能說就有找到出口的可能。

然而稍微理解這個男人之後，如此的沉默反而讓我感到輕鬆，我不擅長說話，而他只說必要的話，所以無須耗費多餘的氣力試圖填補空白。

因為乾脆的接受那些空白。

稍微感到放鬆之後卻又不自覺的想說話，我不由自主的輕扯嘴角，真是莫名其妙。

「你通常都這麼冷淡嗎？」

他還是不理我。

「這樣人際關係會很糟糕吧。」

他依舊沒有理我的打算。

「欸，你應該知道，就算你確實把我送回家，但只要我矢口否認，伍秋陽就會有興風作浪的藉口——」

「很有趣嗎？」

「有一點。」

「對沒有必要的人就不需要浪費力氣。」

我揚起狡黠的微笑，側過頭將視線定格在他的側臉，眨了幾次眼之後我緩慢而清晰的說：「但是，對於現在的你，我算是相當『必要』吧。」

他狠狠瞪了我一眼。

這是我認識這個男人以來，他最熱烈的感情表現了。

才剛洗完澡就聽見手機鈴聲迴盪在房間內。以透露著另一端堅定的意志的姿態反覆響著。

Wands的〈直到世界的盡頭〉。伍秋陽的專屬鈴聲。

作為一種強烈的提醒，告訴自己不需要浪費力氣抗拒，認命的接受黏附在生命之上的必要磨難。

「我要睡了。」

「沒關係我還不打算睡。」

在床沿坐下，床墊有微微的陷落，我的視線滑過擺在桌上的雜誌，「幹嘛？」

「我們貼心的齊動特地去接妳下課有沒有很感動？」

「沒有。」

「看樣子程度還不夠。」

「伍秋陽。」

「嗯？」

「我說過我沒有想談戀愛的意思，就算有，也不想和一個冷冰冰的男人談戀愛。」

「可是我擔心妳啊。」

「你只是轉移目標而已。」

「我聽不懂。」

他的笑彷彿震動著我周圍的空氣，我無奈的嘆了一口氣，不敢相信自己曾經將這個男人當作太陽般崇拜；然而當他不得不接受「自己的妹妹交了男朋友」這個事實後，為了撫平他內心的「傷痛」，於是他就將他對妹妹的「關愛」分了一半給我。

沒辦法，整個家族除了他妹妹只有三個人比他小。但我是唯一的女孩。

我永遠忘不了夏雨表姊帶了一個相當昂貴的草莓蛋糕走到我面前，用著極為不忍卻又有著某些解脫的複雜神情凝望著我，輕輕拍了我的肩膀，兩個人吃蛋糕的過程中幾度欲言又止，但最後只說了一句話。

——咬著牙忍過去就好。

當時的我還不太懂，只覺得本來就親切的表哥似乎和自己的印象有微妙的落差，直到我交了第一個男朋友，伍秋陽才原形畢露。我的初戀只維持了三天又五個小時，那五個小時還是他多送的。

——至少他沒有把全部的心力用在妳身上。

——所以，這大概到什麼程度？

——十分之一。

——十、十分之一？

——大概。

——表姊，妳怎麼撐過來的？

——首先要有堅定的意志，然後不要反抗，因為沒有用，最後，就是等。

——等什麼？

——等妳媽或我媽再生一個。

完全無望。

所以我依然擺脫不了伍秋陽。

「總之我不喜歡傅齊勳。」

「但是我喜歡啊。」

「要不，秋陽表哥你和他在一起吧。」

「他拒絕過我了。」伍秋陽愉快的說著，「這樣好了，妳說說妳喜歡什麼樣的男人，我會徹底改造齊勳的。」

不期然的那個男人的淺笑滑過我意識邊緣，我的心細微的揪緊，揮去那朦朧的印象

我站起身，伸手拿起擺放在桌上的礦泉水瓶。

「表哥，我一直不敢告訴你，我現在不喜歡男人了。」

□

我真的只是隨口說說的。真的。

傅齊勳帶著不容忽視的憤怒直直瞪視著我，將紙袋重重放在桌上，我隱約看見紙袋裡裝著假髮和類似洋裝的柔軟衣物，儘管隔著一張桌子，卻無濟於事。

「你——」

「妳跟伍秋陽說了什麼？」

「沒、沒有。」總之無論如何必須堅定的否認到底，「我什麼都沒說。」

他的瞪視愈發兇狠，我忽然好懷念那個冷冰冰的男人。

千碧推了推我的手臂，「他是誰？」

「伍秋陽的朋友。」

「妳做了什麼？」

「我什麼都沒做。」這句話我刻意提高音量。

「其他桌的客人開始注意你們了。」

「那個，有什麼事我們到外面說可以嗎？」

傅齊勳收起灼熱的憤怒，但在我能夠喘息之前卻轉為比絕對零度還冰冷的視線，果決的轉身往外走去，於是我成為眾人目光的焦點。

快步往外走去，推開玻璃門的瞬間我又不小心對上傅齊勳的雙眼，無奈又無力的嘆了一口氣，除了伍秋陽是我表哥這件事以外，我從來沒有犯過什麼錯；但伍秋陽這個錯誤根本是我阿姨犯下的。

有了錯誤就勢必有人承擔，這是這世界的定律。

只是世界並不在乎承擔的是誰。

「我真的不知道發生什——」

「這不重要，不管妳做了什麼或者說了什麼都已經不重要了。」他極其冰冷的聲音毫無遮蔽的拍打著我的肌膚，「無論如何不要反抗，不要反抗伍秋陽。」

我一時間無法反應。

這個男人無論以什麼角度來看都不是會輕易妥協讓步的類型。

「所以你打算乾脆的投降？」

「妳以為能做的我會沒做嗎？」

男人顯而易見的煩躁讓我感到有些詫異，儘管他沒有接續的話語卻在他不自覺抓亂頭髮的動作裡清楚的顯露，想必他承受了某些我甚至不願意想像的什麼。

他的唇緊緊抿著，視線流轉之後再度回到我臉上。

該不會、這男人正在自我拉鋸是不是要「妥協」來和我培養感情吧？

「你該不會要順著伍秋陽的意來追我吧？」

「不可能。」

他的回答也太乾淨俐落。

甚至沒有零點零一秒的猶豫。一點禮貌也沒有。

「那、到底——」

「就當作一般社交不得不面對的應酬，適當的見面，至少他說這是他『單純』的希望。」他的聲音隱約滑出無奈感，「但無論如何在我們之間存在著一個不可侵犯的前提。」

「什麼前提？」

「我不會喜歡妳。」

什麼？

男人以堅定的目光盯視著我的雙眼，我眨了幾次眼卻也沒有移開視線，時間彷彿凍結在我和他之間，無論周圍的空氣多麼迅速的流動著，只要沒有信號，我和他就沒有動作的可能。

——我不會喜歡妳。

膠著的對望，然而那之中沒有任何曖昧，連一絲值得延伸的可能性都不存在。

「和一個絕對不會喜歡我的男人適當的見面？」

他沒有回應。

當荒謬的濃度超出閾值後反而顯得理所當然，整個對話裡我最在意的並不是伍秋陽的作為，也不是傅齊動的妥協，而是他那句「我不會喜歡妳」。

一個男人毫不猶豫的對一個女人說出這樣的話語，無論如何善意的思考都直直扎進我的自尊裡，這時候沒有所謂的理性，也跟整個現實無關，單純就是不爽。

非常的不爽。

「我不要。」瞪了他一眼，「反正現況是不管我做了什麼或者沒做什麼，伍秋陽都把矛頭指向你，那麼我就沒有必要花費時間和力氣來進行你所謂的『應酬』。」

男人灼熱的注視中帶著難以言喻的冰冷，又或者是冰冷的眼神裡含藏著強烈的熱燙，總之冰和熱兩種情緒確實投遞給我，竄入體內的某個深處。

這瞬間的沉默忽然令人難以忍受。

「就算是應酬，我也不想跟你有任何瓜葛。」

其實我根本沒有思考「這男人的界線在哪裡」這類問題，整個思緒還繞在「我不會喜歡妳」這六個字，所以當他跨過我和他之間的距離欺近我的瞬間，我的印象只有一片空白。

空白之上映現著他深邃的雙眼。

我什麼聲音都擠不出來。

「我可以告訴他，『雖然我對妳有好感，但妳卻拒我於千里外』，妳覺得他的目標會不會轉向？」

他說什麼？

「這是威脅嗎？」

「隨便妳怎麼想。」

「你——」

我和他過於靠近因而視野內唯一納入的只有他的雙眼，以及那之上清晰的我的倒映，忽然他拉開身子，一時間像是畫面裡的某個顏色猛然被抽離，有極大的差異，卻難以具切描述那樣的瞬間。

「我明天去接妳下課。」

男人扔下話語，彷彿整理好了所有心緒又回復到一如既往的樣貌，沒有等我回應便逕自轉身，直到他邁開步伐我仍舊被鎖在他冷淡的語句之中。

在他即將跨過那條街，被解除定格魔法的我完全不顧周圍的大喊：「那你最好牢牢記住——」

他稍稍停頓，卻沒有回頭。

這個男人。

該死的男人。

「我絕對不會喜歡你。」

03

有很長一段時間，我所以為的愛情是燦爛而充滿聲響，想盡可能的將自己的感情遞送到對方掌心，也設法承接最大程度的對方；也許彼此都太過責力，在那過程中卻遺漏了更重要的部分。

絕對不會。

我又告訴自己一次。絕對不會。

然而閉上眼默數到三之後再度睜開眼，這整個世界彷彿靜止畫一般，把三秒鐘前的畫面原原本本搬了過來。

陌生男人不可置信的笑著，甚至沒有試圖去擦拭襯衫上的污漬。

急忙從背包裡掏出面紙，一口氣抽了五、六張接著手忙腳亂的想擦乾對方衣服上的可可，但不僅濃烈的巧克力氣味直竄，撇開眼也還是看得見的咖啡色污漬正違反我的期望逐漸擴大。

那抹顏色在白色襯衫上簡直是刺眼。

「對、對不起。」

「我不知道妳這麼討厭我。」

「什麼？」

抬起頭對上的是陌生男人的黑色墨鏡，我清楚看見自己狼狽的倒映，也看見他帶著玩味的淺笑，那樣的弧度讓人感到有些熟悉，卻在幾乎碰觸那邊緣時我感覺到可可沾上我的指尖，於是我又回到現實。

剛剛我試圖將只喝了一半的可可拋進前方的垃圾桶裡，但瓶子不僅沒有準確的抵達，還在半空中甩開了蓋子，乾脆的砸上我甚至沒有注意到的男人。

我應該喝完的。但實在是太甜膩了。我應該走到垃圾桶邊的。但我就是想投籃。我應該逃跑的。但我不是那樣的人。

無論多麼後悔都回不到起點了。

「衣服……」咬著唇我以極為歉疚的口吻，「我幫你拿去送洗吧。」

「所以妳要我把衣服脫下？」

「因為要送洗……」

「但我裡面什麼都沒穿呢。」

「這……」

男人的笑始終掛在臉上，他從長椅站起身，我還來不及反應他就開始動手解開襯衫釦子，在他的手移到第三顆釦子，我直覺的抓住他的手。

制止了他的動作，卻衍生了更大的尷尬。

我抓著他的手，指節貼附在他的胸前，我和他的身高差恰好讓我的視線落在他的胸前，我看著自己的手，看著他的手，也看著他的胸膛。最簡單的「放手」這兩個字徹頭徹尾都沒有浮現在我的腦中。

男人也沒有提醒我。

「手臂濕濕黏黏的感覺不好受，既然沒有別的選項，那就只好脫掉了。」

「但是、但是——」我不小心嚥了一口口水，「這樣不太好，你總不能裸著上身四處走動吧。」

他朗聲笑了出來，微微的震動傳遞到我的手上，我才意識到自己的手還抓著他，趕緊鬆開手，又像受到驚嚇一般後退了一步。

「我有外套，雖然還是有點尷尬，但幸好我就住這附近。」

男人說完接著就乾脆的脫下了襯衫，我的雙眼完全忘記移開，直勾勾的盯著他的動作，一秒鐘都沒有遺漏的看完整個過程：解開所有釦子，脫下襯衫，轉身將襯衫披在長椅上，接著拿起深藍色修身外套，轉過身再度面對我，穿上外套，最後扣上第二顆和第三顆釦子。

這過程中我唯一的動作除了呼吸之外就只有眨眼。

隔著墨鏡我看不見男人的雙眼，但我清楚感受到他的注視，他拉起我的右手，不知道從哪裡拿出濕紙巾仔細擦拭著我的手。

隔了好一陣子我才理解現況，下意識抽回自己的手，但男人似乎一點也不在意，只是側過身將濕紙巾扔進垃圾桶。

我連該說的究竟是「謝謝」還是「為什麼」或是「你做什麼」都不知道。
於是我什麼也沒說。
「衣服就麻煩妳了。」
「好……」
我輕輕點頭，接過他遞來的襯衫。
襯衫上還殘留著他的體溫，盯著他半裸露的胸膛都不感覺到害羞的我，臉頰卻默默被熱燙感佔據，我低下頭，雙手不自覺微微施力，卻更直接著握住他的溫度。
「可以給我電話嗎？」
「電話？」
「總要有拿回襯衫的方法吧。」
「我都忘了，抱歉。」
給了他電話號碼，他旋即撥了通電話給我：「這樣妳也有我的電話了。」
「嗯。」我說，「真的很抱歉。」
「一般人很少會有這種體驗，不用太在意，我說了，幸好我家很近。」
「我會盡快把襯衫送還給你。」
「不用太急，相信我，我還有其他襯衫。」他爽朗的笑著，我的歉疚也稍微被舒緩，於是也不自覺的扯開笑。「我該走了，趁著人還不多。」
「嗯。」

他揚了揚手，帶著愉悅的笑轉身，逐漸步出我的視野，我忽然想到，我還沒有問他的名字。我抬起雙腳往他離去的方向跑去，發現我的趨近之後他詫異的停下腳步。

「怎麼了嗎？」

「我還沒問你的名字。」

他又笑了。

「Sean。」他說，「我朋友都這麼叫我。」

把 Sean 的襯衫拿到離我家最近的洗衣店，總是瞇著眼的老闆碎碎唸著「怎麼會沾上咖啡呢」，雖然我很想糾正他但最後決定把話吞下。

幸好遇見一個好人。

但我現在必須去見一個還無法定義的人。男人。

如果不是為了赴約我不會買可可來提振精神，也不會為了節省時間而穿過公園，但這意外耽擱了不少時間，又繞到洗衣店，瞄了眼腕錶，我已經遲了二十分鐘。

男人理所當然已經坐在位置上了。

他抬起眼以不帶感情的目光瞄了我一眼，他沒有點餐，甚至沒有動桌上的水杯，整張桌子完美的讓我和他顯得過於突兀。

我緩慢入座，他沒有追問，也沒有責怪，只是拿起菜單，若無其事的翻閱。

「抱歉，路上有些事情耽擱了，所以——」

留著俐落平頭的服務生打斷了我的解釋，接著男人開始點餐，這次我挑了從下往上數來的第五道。甜點是焦糖烤布蕾。

服務生離開之後男人似乎仍舊沒有說話的打算，任憑空白持續了幾秒鐘，在幾個呼吸之後我決定放棄解釋。

我想他並不在意，對於他而言，兩個人面對面坐進同一張餐桌、進行一場晚餐，不過是一種形式，就連「應酬」的基本概念都不符合。

當然我和他能夠預備好說詞，假裝我們確實進行了「約會」，但伍秋陽太過擅長心理戰，說不定我會突然出現當你們的約會嘉賓喔，就只是如此的一句話，沒有一個確切能掌握的規則，卻讓人更加難以違反。

然而處於這種狀態下的我和他，別說是愛情，甚至連稍微友善一些的感情都難以萌發，我不相信伍秋陽不明白這一點；所以我越來越不懂，伍秋陽究竟是想撮合我和他，又或者只是想捉弄我和他。

我喝了一口水。

男人抿著唇注視著手機螢幕，彷彿打定主意連百分之零點一的注意力都不願意被我瓜分，扣除性格上的冷僻以外，他確實是個優秀的參考選項，但非常可惜，「性格」比分佔了七成。

反正他沒有理會我的意思，我就乾脆的盯著他看，直視「問題」有助於找出解決方法。

不對。

總感覺有相當巨大但我一時間無法說明的異樣。

我更加認真的盯著他，似乎過於認真因而讓他抬起頭來，目光交錯那瞬間，我彷彿看見一道光閃過，但我不是柯南，並沒有在那一瞬間得到答案。

他皺起眉，我也跟著皺起眉。

伍秋陽恨不得拿消毒水淋在我身上只為了去除「愛情」的氣味，凡是他的朋友首先就會被警告「不准打我妹妹主意」，不管是我或者夏雨表姊都深受其害，這樣的伍秋陽怎麼可能以如此積極的手段逼迫我和他相處。

只有三種可能。

第一、為了測試我身邊是不是藏有男人，特地推了一個男人過來。很有可能。但我身邊千真萬確沒有親近的男人。

第二、這個男人對我有好感，伍秋陽深諳「一千種破壞對紀海音有好感的方法」，所以「撮合」其實是為了破壞。

至於第三種，我暫時還沒想到。

所以現在最合理的解釋是——

「你該不會喜歡我吧？」

男人的眼神一如既往的冷淡。真是。他不用回答我都能知道答案，這男人連一點自尊都沒打算替我保留。

「原來妳的腦袋差到連唯一的前提都記不住嗎？」
「我只是想不透你為什麼會天天去接我下課、又乖乖坐在這裡。」
「比起收拾秋陽造成的麻煩，犧牲一點時間在妳身上是最節省力氣的選項。」
犧牲？
天啊、我頭好暈。
乾脆的喝完整杯水，這個男人不說話是冷僻得要命，一說話就讓人生氣到快缺氧。
「你一點也不用擔心，像你這種男人根本沒有女人會有興趣。」
他的雙眼忽然閃過某些什麼，即使表面沒有動搖，但那裡確實有些什麼。
在沉默之中我仔細思索著自己方才所說的話。女人。我猛然抬起眼，他早已撇過頭將視線投往玻璃窗外的街道。
這個男人意外的好理解。
所以伍秋陽不是針對我，而是想轉移他對情傷的注意力？
那我剛剛是不是不小心踩了他的傷口？
「那個、傅先生……」他聽見了，但連一點移動的跡象也沒有，「其實也是會有喜好奇特的女人啦——」
終於他轉過頭，但迎上我的是極其冰冷的雙眼。
我想喝水，但水杯早就空了。
「紀海音。」

「怎、怎麼了？」

「我今天不想再聽見妳的聲音。」

於是我抿緊唇點頭表示理解，但為保萬一我還是問清楚比較好：「請服務生過來也不能說話嗎？」

他瞪了我一眼。

很好，這是不行的意思，我徹徹底底了解了。

傅齊勳和我走在安靜的巷弄內，街燈灑下黯淡的白光，儘管他沒有刻意拉開距離，卻始終沒有給我任何聲音。

身旁的男人不喜歡說話，特別是多餘的話，但沒有人能夠精準的定義所謂的「多餘」；儘管明白對方的心思卻有著無論如何都想親耳聽見對方肯定回答的偶爾，人心總是懸著，並且瘋狂渴求著落地，即便是謊言，我們仍舊需要。

尤其是輕輕一碰就可能劇烈晃動的愛情。

有很長一段時間，我所以為的愛情是燦爛而充滿聲響，想盡可能的將自己的感情遞送到對方掌心，也設法承接最大程度的對方；也許彼此都太過賣力，在那過程中卻遺漏了更重要的部分。

譬如安靜。

退後了一段距離以沉靜的姿態凝望著愛情，又或者凝望的是對方，那之間沒有言語也沒有聲音，呼吸的起伏彷彿一場令人屏氣凝神的演出；直到那瞬間我才終於明白，真正深刻的愛情無須附加什麼，那本身的純粹就已經是種烙印。

但我們總是發現得太晚。

那樣安靜而沉默的瞬間，同時也是目送那個人離去的瞬間。

接著，雨就這樣毫無預警的落了下來。

停下腳步，有幾秒鐘的空白滑過我的意識，我分辨不出這場雨是下在記憶裡或者現實中，直到傳齊動將充滿他氣味與溫度的外套披在我頭上的震動裡，抬起頭望向他的剛毅的側臉，我才真正接收到了這場雨的到來。

「你會淋濕吧。」

「妳繼續站在這裡發呆我才會淋濕。」

我打消了和這男人分享外套的打算，即使外套是他的，但那樣的距離太過親暱，並不是我和他能夠接受的靠近。

於是我和他用著不是太快的速度往我的住處跑去，隨著奔跑的震動，他的溫度與氣味彷彿也滲進了我的體內，有一點恍惚，然而在我的恍惚延伸之前，我和他就已經抵達。

生命中有太多我們無法仔細思索的片段，意識到這點的我們，卻反而沒辦法下定決心進行思索。

因為不想得到確切的答案，於是便相信那難以分辨的其實根本無須分辨。

拿下被雨打濕的外套，定格之後我才發現他的頭髮與襯衫濕得比我想像中還要透徹，他逕自拿回我還抓在手上的外套，依然沒有道別的打算，轉身便邁開離去的步伐。

接著他忽然停了下來。

不是忽然。

等我回過神來才看見自己的手拉住他的外套後襬，他望著我，彷彿等著我開口，又彷彿等著我鬆手。

「到我家把頭髮和衣服吹乾吧。順便拿一把傘給你。」

「不用了。」

我沒有鬆手，即使沒有特別的施力，但他也不是蠻橫的類型，於是就在雨的包覆之下兩個人無聲的僵持著。

雨越來越大。

如果他沒有將外套披在我身上，或許我根本不會扯住他，這世界上太多難以說明或者歸咎責任的事，那總之是因果，沒有誰對誰錯，也沒有應不應該的問題，就只是甲這麼做了，所以乙就那麼做了。

而在動作與動作的當下，大多數的人們，事實上從來就無法預料那會成為什麼樣的開端。又或者是結束。

接著他妥協了。

跟在我身後爬了三層樓，拿了毛巾和吹風機給他，聽著吹風機的巨大聲響我一邊泡著熱茶。將茶包放進馬克杯，轉身扔掉包裝紙，眼角餘光看見他乾脆的脫下襯衫、披著毛巾吹著頭髮的畫面；愣了一下，我那屬於「女人」的自覺逐漸冒了出來，除了伍秋陽和泰迪之外他是第一個踏進我住處的男人，但他是唯一一個在我房間裡把衣服脫掉的男人。

房間很小，床和客廳基本上混在一起，即使我站的流理台位置也很靠近，我忽然覺得有點熱，也許是手邊熱燙的茶，也許是從吹風機吹出的熱風，又也許是這裡只有一個男人和一個女人的緣故。

不對、這不是合理的想像。

因為他是傅齊勳。

據說不那麼喜歡女人的傅齊勳。

又似乎剛失戀不久的傅齊勳。

第二點和第三點似乎有些牴觸，但在他不那麼喜歡女人的前提下還喜歡上某一個女人，那的確無法輕易忘懷。

我有點同情他了。

「喝完茶身體暖和一點之後你就可以回家了。」我把馬克杯放在桌上，「襯衫我來幫你吹吧。」

於是我就站在他身後吹乾他的襯衫，偶爾瞄一眼他喝著熱茶的背影，忽然想到某件嚴重的事：「你絕對不能告訴伍秋陽我讓你進來我家，絕對不行。」

他冷淡的應了聲。

「我該走了。」

「襯衫還沒完全乾——」

這男人一點也不配合，果斷的穿上衣服，又果斷的往玄關走去。我隨便抓了一把傘，塞進他的懷裡，接著避免他扔回來我迅速關上門。

我聽見他遠去的腳步聲，但我忽然發現，剛剛塞給他的傘，不僅是粉紅色，而且傘面上還佈滿深紅色愛心，那是我應急買的傘，只用過一次就再也不敢用的傘。

不小心我笑了出來。

我真的沒有，真的沒有想像傅齊動撐著傘的畫面。真的沒有。

所謂的安慰只是給的人自以為是的溫柔，你真正需要的，我不會知道是什麼，更可能我根本沒有，除非是我能給而你又願意告訴我該給你什麼。

「你上課的樣子看起來很融入。」

「不能逃避就只能克服，這是我的信念。」

「非常的正向。」

「那麼老師喜歡這種正向的性格嗎？」

「什麼？」

「只是隨口問問。」

教室內飄散著濃郁的巧克力香味，學生們細心的進行著布朗尼的製作，這是我最喜歡的甜點之一，不那麼困難，卻能直截了當的攫獲人們的舌尖。

這時的韓東延彷彿裹上了一層帶著強烈苦甜氣味的巧克力，當然只是想像，對我而言男人並不是甜點，而是辣口的烈酒。

濃烈的酒精會奪去人的心智。

「老師，妳的臉上沾到巧克力了。」

下意識伸手摸了摸右臉頰，接著換向左臉，「沒有啊。」

「這樣就有了。」

男人忽然以食指輕輕滑過我的臉頰，冰涼與溫熱的觸感同時蔓延開來，不可置信的瞪了他一眼，在確認沒有其他學生目睹之後，我壓低音量：「請你認真一點。」

「我很認真啊。」

「韓東延——」

「看來老師把我的名字記得很熟，」他的唇角掛著歡愉卻戲謔的淺笑，「不枉費我的忍耐。」

又瞪了他一眼，決定忽略他的存在，旋了身往另一個學生的工作檯走去，卻在移動之前聽見他如囈語一般的低啞嗓音撫過我的耳梢。

「我很喜歡老師非營業用的眼神。」

男人表面上相當安分，我猜想他只是將「戲弄老師」這件事作為不得不參與課程的排解，或者微小的報復，我不知道，我也不想深思。

然而不可否認他那若有似無的目光確實侵擾了我的思緒，刻意忽視他的存在，卻更加在意他的逗弄。

我不喜歡如此的展開，遑論他是我的學生。

「韓東延同學麻煩你留下來，有一些關於課程的事需要和你說明。」

他爽朗的點了點頭，幾個學生在離去之前拋出曖昧的眼神，沒有必要說明，也沒有辦法說明，只能盡可能依照慣常的方式說話、道別，並且花費額外的氣力無視揣想的流轉。

終於只剩下我和他。

營業用微笑也乾脆的垮下。

「再怎麼說我也是妳的學生，笑容也包含在學費裡吧。」他沒有走近，但明顯的空白更能突顯他的存在，「還是說，在老師的眼裡我是特別的……學生？」

「請你適可而止。」

「老師指的是什麼？」

「你的行為。」深深吸一口氣，「我很困擾，特別是在上課的過程中。」

「我以後會注意。」

「聽好，我不知道你的意圖為何，但如果想以此逼迫我和你共謀，或是要你退出課程，都是不可能的。」

「我沒有這樣的想法。」

「無論如何，請你安分的上課。」

「我不太明白老師所謂的『安分』呢。」

男人逐步靠近，沒有特別壓迫的侵略感，或許是由於他臉上的淺笑，又或許打從一開始就認為他只是想戲弄我，無論如何當他和我之間的距離只剩下一步，我也沒有任何閃躲的意思。
他彎下腰，讓兩個人的距離幾乎貼靠在一起，韓東延的呼吸撲打在我的臉上，這一瞬間我才開始有那麼一點心思；然而所謂的僵持，僵持的本身便是一場拉鋸，一旦如驚嚇的白兔往後跳開，連帶也會產生了他追捕的理由。
所以我一動也不動的站著。注視著他的貼近。
忽然他拉開身子，彷彿覺得相當有趣，朗聲笑了開來：「妳比我想像的還要有個性多了。」
「總之——」
「妳，覺得我只是逗著妳好玩嗎？」
我沒有回答他，但我想他確實在我身上找到了答案。
他聳了聳肩，「我對老師意外的感興趣，據說，所有的愛情都是從細微的在意開始的。」
「但是我對你一點興趣也沒有。」
「這不重要。」他愉快的扯開嘴角，「我對妳有興趣才是重點。」
現在的男人都這麼自我中心嗎？
伍秋陽是，韓東延也是，我身邊這個冷淡得像是剛從冷凍庫睡醒走出來的傅齊動也是。

傅齊動「照例」來接我下課，也「照例」忘記他的聲帶其實非常健康，但他絲毫沒有忘記愛心小粉紅帶給他的「溫暖」，不由分說的將傘丟進我懷裡，免費附送一個瞪視。強烈的。

所以我決定彌補他，當然不是討好。

「布朗尼，吃嗎？」

「不用了。」

句點之後沉默絲毫不費力的佔據我和他之間的領域，彷彿打從一開始聲音就是必須被驅逐的對象，瞄了他幾眼，思索著這個總是拒人於千里之外的男人，抿緊的唇彷彿一種防備，但他所不得不堅守的究竟是什麼？

「你很討厭我嗎？」

「沒有特別的感想。」

「那你討厭女人嗎？」

「我也沒有特別喜歡男人。」

「你很難相處。」

「我知道。」

「故意的嗎？」

「天生的。」

「你還真坦然。」
「因為沒有打算改變。」
「你和伍秋陽為什麼變成朋友？」
「因為運氣不好。」
我不自覺的笑了出來，果然是相當微妙的男人，望了他一眼，他好像也沒有那麼不好相處，雖然必須先具備反覆被無視和拒絕的堅定意志，還必須找到正確的開啟方法。
「看起來我們的運氣都很不好。」
「就算這樣我也沒打算和妳變成朋友。」
「你真是一點禮貌也沒有。」
「不讓妳會錯意才是我認為的禮貌。」
「就算我喜歡上你，你也沒有任何損失啊。」皺起鼻子我瞇起眼，輕輕哼了一聲，「反正伍秋陽根本不可能真心希望我和你擦出什麼火花，八成有其他原因，例如安撫某人失戀的哀傷之類的。」
他瞪了我一眼。
一眼不夠他又補瞪了一眼。
「雖然一開始的確被伍秋陽耍得團團轉，但長久被玩弄下來也會摸索出生存之道，儘管不是很認識你，但我想你大概是因為不想辜負他的心意才妥協的吧。」
「所以呢？」

「什麼所以？」

「在妳自以為明白之後，決定來安慰我了嗎？」

他的語調之中透著冰冷的嘲諷，隱約的，卻讓人相當不舒服。

每個人都有不願意被看穿或者被觸碰的地方，何況對他而言我只是個陌生人，所以我並不以為意，相反的給了他一個淺淺的笑。他似乎有些詫異。

「沒有。」停下腳步，他通常送我到住處的前一個路口，「所謂的安慰只是給的人自以為是的溫柔，你真正需要的，我不會知道是什麼，更可能我根本沒有，除非是我能給而你又願意告訴我該給你什麼。」

他安靜的直視著我，我抬起手將裝有布朗尼的紙袋遞到他面前。

「不過，甜點真的很有用。」

「這也算一種安慰嗎？」

「不是。」我愉快的笑了，「但也是一種自我滿足，因為真的很好吃，所以想讓難相處的男人打從內心崇拜我。」

心情好像有點好。

我愉快的泡了熱紅茶，打開電視轉到 CNN，把主播具有磁性的嗓音當作 BGM，接著蜷曲在沙發上翻著雜誌，拿著筆圈畫起想去的店家，當然是甜品店。

傅齊動下次會帶著崇拜的目光注視著我吧。

我噗哧的笑了出來，雖然沒有他喜不喜歡甜點的情報，但一想到有哪個人正吃著自己製作的甜點就有微小卻踏實的幸福感。

電話響了。

陌生的號碼。

說不定是傳齊動迫不及待打來對我說：「我受到甜點之神的感召了，從這一刻起請妳成為我的女神，不時賞賜我美味的甜點吧。」

樸實的布朗尼果然是強大的武器。

深呼吸，不能讓對方察覺我欣喜的心情，女神要鎮定，對吧。

「喂？」

「紀小姐——」

我的心情瞬間降到比谷底還低的低點。

「妳送洗的襯衫記得來拿，洗好好幾天了，上次的外套也拖了幾個星期，上次要妳拿回去妳就說要去吃飯沒辦法拿，還有妳上個月送來的大衣也還沒拿回去——」

洗衣店大叔。

甩了甩頭，大叔的叨唸彷彿沒有止盡，這間洗衣店的大叔相當細心、價格又相對便宜，離我的住處也不遠，因而默默的成為常客；但唯一的缺點就是大叔可以碎碎唸到對方的意志全部成為碎片，所以我總是「不小心」沒接到大叔打來的電話。

「大叔換電話了啊——」

我錯了，為了制止碎唸一卻不小心開啟更可怕的碎唸二……

「還不是因為妳老是不接我打的電話，妳特別厚重的衣服都堆在我這裡，我這裡不是妳的衣櫃，今天我兒子回來，用他的手機打妳就接了，我就知道妳是故意的……」

洗衣店大叔一定是我的天敵。

雖然想繼續逃避但送洗的襯衫不是我的，該面對的還是得面對。

「好嘛，我現在去拿啦，十分鐘內就會到了。」

「妳再不來我就把妳的衣服賣掉，替妳拿去做公益。」

洗衣店老闆可以這樣威脅客人的嗎？

雖然這麼想但掛了電話之後我認命的爬起身，穿好外套、拿了鑰匙和錢包，走到玄關又折返，把桌上保鮮盒裡的餅乾裝進紙袋，大叔很碎唸，但心很軟。

甜點果然是我生命中不可或缺的存在。

「大叔——」

「把這些通通給我帶回家。」

洗衣店大叔大概籌畫了很久，我才剛踏進洗衣店就看見桌子上堆滿我的東西，兩件厚重的外套、一件大衣，還有可怕的棉被。襯衫則被扣押在他的手裡。

他果然是經驗老到的男人。

總之先遞出我的善意，揚著甜甜的笑，把裝有餅乾的紙袋交給大叔：「是保證好吃的餅乾喔。」

「這招沒用。」但大叔還是開心的收下了。

「人家搬不動啦。」我擺出相當苦惱的表情，「先拿一半？」

「我兒子會幫妳搬，當作對常客的招待。」

「不好吧，三更半夜讓一個男人到我的住處——」

「現在才九點半。」大叔轉身喊了他的兒子，從後方立刻走來一個感覺相當溫文的青年，或是少年，「如果我兒子有任何不規矩，我就打斷他的腿。」

「沒那麼嚴重啦……」

沒轍了，目光轉往那疊衣服和棉被，難怪這陣子我覺得我的房間好像稍微大了一點，原來是這樣啊。

「那襯衫先給我。」

「紀小姐，有男朋友了啊？」

「沒有，才沒有。」

「替男人送洗襯衫是很親密的舉動吶。」

「就說了不是。」

「這男人品味不錯，下次帶來給大叔看看，他來送洗的話我打八折。」

「讓我把棉被放這裡我就帶他來？」

「紹吾，幫忙搬棉被。」

「好。」少年笑了，還順手幫我拿了其他衣服。
「大、叔、再、見。」
拿了襯衫想從少年手中接過外套卻被禮貌的婉拒，感覺就是個溫柔的孩子，跟碎碎唸大叔完全不一樣。
「你真的是大叔的兒子？」
「嗯，真的。」少年淺淺的笑著，「我爸很喜歡妳，常常說紀小姐做的點心是最好吃的甜點。」
「我也很喜歡大叔，如果他不要那麼愛碎碎唸的話。」
「沒辦法，那算是他的興趣。」
抱著襯衫我和少年流暢的聊著天，有幾個瞬間我試圖回想男人的臉，閃現的卻只有模糊的印象，最強烈的反而是被墨鏡阻擋住的視線，有那麼一點熟悉感，卻掌握不住確切的什麼。
也許是他沒有摘下的墨鏡，成為最深刻卻最難以拼湊的空白。
不知道。
我一點也不擅長這些。
「到了。」我打開門讓少年先走進，「先放在沙發上好了，我還沒想到棉被該塞在哪。」
「好。」

「我送你下去吧。」在少年婉拒之前我打斷了他的意圖，「我順便買點東西。」

□

「原來老師喜歡年輕的類型。」

「什麼？」

「嗨，真巧。」

花了好幾秒鐘我才理解眼前的畫面，男人玩味的注視著我，韓東延，完全預期之外的碰面。我甚至不想問「你為什麼會在這裡」。

我決定無視他。

「老師態度真差。」

「現在不是營業時間。」

「對剛才那個男孩的表情很溫柔呢。」韓東延以「我也要走這邊」的姿態跟在我旁邊，路人看見這畫面大概會以為我和他是一起來買東西，「這就是傳說中的差別待遇嗎？」

「對。」

「男孩手上拿的是棉被吧。」

「關你什麼事？」

「老師確定對方成年了嗎？」

這男人壓根想激怒我。不要理他，絕對不要理他。對，這世界上沒有人會比得過伍秋陽，這男人不過是條小魚。

「老師不問我為什麼在這裡嗎？」

「我不在乎。」

「因為在路上看見老師和一個男人親暱的走在一起，雖然仔細看發現是男孩，但我有點嫉妒，所以不知不覺就跟在你們身後了。」

我根本分辨不出韓東延說的是玩笑話或是事實，總之那不重要。

隨便抓了個紅豆麵包，轉身想走往櫃台，卻在移動的瞬間他施力拉住我的手。回過頭我迎上他幽黑雙眸，唇邊彷彿帶著真心卻又充滿戲謔的微笑逐漸暈染開來。

「你想做什麼——」

「老師從剛才就沒有直視我的眼睛。」

「放開我。」

「紀海音小姐。」

「我說放、開、我。」

韓東延猛然鬆開手，沒有做好心理準備的我一時間抓不到重心，在我幾乎以為自己會摔倒的弧度裡他伸手攬住我的腰際，於是我不得不和他離得太過靠近，不得不注視著他。

「我要開始追妳了。」

05

只是當愛情離自己越來越近，我就更加意識到自己想拔腿逃跑的心思。

我並不是不想要愛情，但總感覺，或許自己還沒有準備好。真正的準備好。

又或許人永遠都不可能準備好。

真是莫名其妙。

像要宣戰一樣扔出「我要開始追妳了」，卻在下一堂課裡安分的像個從來沒有不良紀錄的好青年，雖然在離開之前還是露出狐狸尾巴，但卻沒有超出界線。

彷彿一切都只是錯覺。

所以說我根本搞不懂男人。

「泰迪，你是男人對吧？」

「我們認識那麼久了，很開心妳終於意識到這一點。」

「如果你對某個女孩說『我要追妳』，然後接下來會怎麼做？」

「海音，基本上我不會對女孩說這種話，妳知道我比較偏好有頹廢氣質的男人。」

泰迪離截稿日還有一段期間，所以他的語調相當慵懶，「不過要是真的這麼說的話，就……」

「就？」
「就追她啊。」
我不小心翻了白眼。
泰迪和千碧開心的大笑，「有人要追妳喔？」
「當我什麼都沒說。」
「可是妳說了啊。」
「我沒說。」
「妳明明說了。」
「我明明沒說。」
「妳有。」
「我沒有。」
就在我和千碧陷入無限迴圈的時候，本來悠閒的喝著卡布奇諾的泰迪忽然抬起手制止我們，努了努下巴，於是三雙眼睛都投向入口。
傅齊勳。
「是他說要追妳嗎？」
「不是。」
「這個男人我可以。」
「但是他應該覺得你不可以。」

就在我們進行無關緊要的對話時，傅齊動確實的朝我的方向走來，一如既往的面無表情，身後沒有伍秋陽，但我和他之間不可能沒有伍秋陽。

「秋陽說妳在這裡。」

「有什麼事嗎？」

他的話語還在醞釀就被打斷。

「就是你要追海音嗎？」

我尷尬的想制止千碧但泰迪的聲音又冒了出來。

「先收買我們保證你事半功倍。」

「不是他……」

當然沒有人理會我，這時候我開始慶幸傅齊動不那麼好相處，我想他會忽略千碧和泰迪；但是我錯了，不應該低估他性格的惡劣。

「我對她沒有興趣。」

最後千碧緩緩的說：「我們家海音還不錯耶。」

「是在降價大拍賣嗎？」

「不是。」泰迪搖了搖頭，「無料贈送。」

「不用客氣，你們留著就好。」

「不然，買一送一，買海音，送我。」

「這樣會降低你的價值，乾脆放 Give 板吧。」

千碧和泰迪愣了幾秒，旋即爆笑出聲，我瞪了男人一眼，為了避免他再度展現他性格的惡劣面，我抓了他的手臂就往外走。

「你好像跟我的朋友們很聊得來呢。」

接著他又回復冷冰冰的樣貌，不只聲帶，連臉部肌肉也沒有牽動的意思。微微的無奈感隨著呼吸進入我的體內，「請問傅先生有什麼事嗎？」

「我不喜歡欠人人情。」

「人情？」

「布朗尼還不錯。」

「然後？」

「沒有然後。」

「你特地來說這個？」

傅齊勳看了我一眼，沒有特別說明也沒有任何解釋，彷彿該做的事都完成了，我瞇起眼仔細觀察眼前的男人，然而他沒有給我更多機會。

「我走了。」

接著他就真的走了。

注視著他逐漸縮小的背影，想著，真是微妙的男人。

「妳笑得有點變態耶。」

「哪有？」

千碧和泰迪不知道什麼時候湊近我身邊，於是三個人一起站在門邊目送傳齊動的離去。

「把他的電話給我吧。」

「我沒有他的電話。」

「真沒用。」

「下次幫你要。」

「來不及了。」泰迪轉身走回咖啡店，「我剛剛把妳的個人資料放上 Give 板了。」

才剛洗完澡電話就響了起來。

當然不是在 Give 板上看到想索取我的人，是我剛剛傳了簡訊而對方回撥的來電。

Sean。襯衫的主人。

「抱歉，一直沒有聯絡你。」

「沒關係，我說過我還有很多襯衫，雖然偶爾會想妳什麼時候會打電話來。」

「真的不好意思，那、請問我該怎麼將襯衫拿給你呢？」

「雖然不想造成妳的困擾，但如果可以的話，我希望襯衫能暫時放在妳那邊。」

「是沒關係，那如果你需要的話，再——」

「不問我為什麼嗎？」

「嗯、我和你好像不是能過問這些的關係……」

「因為這樣才有理由。」

「理由？」

「能夠打電話給妳的理由。」

什麼？

最近是紀海音的桃花期嗎？

「你大概是在開玩笑吧。」

「妳相信一見鍾情嗎？」

雙頰的熱度越來越無法忽視，我的心跳像一口氣喝了三杯重烘焙咖啡般劇烈的跳動，斂下眼盯著自己緊緊抓住衣襬的右手，緩慢的深呼吸，對方只是見過一面的陌生男人，不能全盤相信對方的說辭，但是、也沒辦法完全推翻可能性……

男人笑了，那震動彷彿透過話筒傳遞到我的周圍，引起細微卻無可忽視的波動。

「我不相信。」瞬間我僵在原地，果然這個男人只是想逗弄陌生女人，但下一秒鐘卻又再度翻轉，「以前不相信。」

男人似乎相當擅長掌握人心，然而我不想被一個陌生男人逗弄，更不想被動搖。

因此我沒有繼續對話的打算。

「如果你需要襯衫的話，就麻煩你聯絡我。」我鬆開右手，「抱歉，我還有點事……」

「我知道了。」

「那就先這樣了。」

「我還不知道妳的名字。」

猶豫了幾秒鐘卻找不到拒絕的切入點，只好回答男人，「紀海音。」

「雖然還有點早，但是，晚安。」男人低緩的嗓音貼附上我的左耳，「海音。」

從那天開始我每天都會看見自己的名字。

男人固定在晚上十點左右傳來一則簡訊，沒有過多的曖昧，也不會過分親暱，大多時候是簡短的問候以及晚安，偶爾會叮囑我注意天氣變化；我沒有回覆，卻也沒有忽視，反而逐漸習慣在晚上十點鐘將目光投向手機螢幕，彷彿一種慢性上癮，微溫的字句恰巧滑過日常與想像的邊緣。

習慣。與期待。

我的日常多了幾個顯著的習慣，習慣傅齊勳冷淡的走在我身旁，習慣韓東延帶著戲謔的曖昧，也習慣了千碧和泰迪將這兩個男人視為左邊與右邊，儘管我還是堅持不左轉也不右轉，但沒有人真正在意，那不過是種日常，稍微有趣一點的日常。

然而我的期待卻在日常的延伸之外萌芽，帶著一種秘密感，我沒有向誰透露 Sean 的存在，儘管洗衣店大叔不時追問，卻彷彿一種佐證，證明 Sean 的的確確存在於我的生命之中。

不是愛情，卻是曖昧。

「我不在乎妳無視我的存在，但請妳不要靠那麼近。」

「什麼？」

回過神才發現自己幾乎貼靠上傅齊勳的手臂，他已經盡可能將身體移往右側，偶爾還傳出外套和圍牆相互摩擦的聲響，而我的左側卻是足夠供三個人並排走過的空曠。

我迅速的往左跨了一大步。

「我不是故意的。」

「下意識的行為更可怕。」

「我對你一點興趣也沒有。」

「這樣最可怕。」

「為什麼？」

「所有男人都應該避開妳。」

「傅、齊、勳。」

他又乾脆的決定不理我。

我和傅齊勳當然沒有任何進展，甚至連友誼的邊緣都離得非常遠，但隨著頻繁的相處，兩個人之間顯得自然又流暢許多，他說的話多了一點，也惡毒了一點。

當然，我的顧忌也少了一點。

「情傷看起來好得差不多了嘛。」

「跟妳沒有關係。」

「不就是因為你的情傷我們才有『應酬』關係的嗎？」
「下個月結束我就不會出現了。」
「是嘛。」
「失望嗎？」
「你不適合這種台詞。」
「開心嗎？」
「還好。」抬起頭望向他的側臉，「你今天心情很好喔？」
「妳不要靠太近就會更好。」
「傅齊勳。」
「做什麼？」
「我好像沒有看你笑過。」
「所以呢？」
「笑一個來看看。」
他不理我。
我加大步伐往前跨了兩步，接著轉身擋在他面前，他只好跟著停下；我揚起愉快的笑容，猛然伸手撐開他的嘴角，持續不到一秒鐘就被他逮住。
「妳要自己後退還是我把妳往後扔？」
「小氣鬼。」

傅齊勳鬆開手，拋下我逕自往前走，一點放慢腳步的意思也沒有，沒辦法我只好往前跑，就在我幾乎追上的同時感到左腳有微妙的落空，還來不及反應我就摔落地面，啪的一聲，短暫的空白之後疼痛感如潮水一般爬上我的肌膚，接著滲入我的體內。

「妳不能好好走路嗎？」

傅齊勳不知道什麼時候來到我的身旁，扶起我仔細察看我的傷口，裸露在我的手肘和膝蓋有明顯的擦傷，但真正疼痛的根源來自左腳踝。

想爬起身卻皺起了眉，他伸出手支撐住我，隱約的溫度從背後擴散開來，抬起眼忽然意識到我和他靠得那麼近，他的呼吸無法躲避的撫過我的臉頰，我撇開眼，試圖拉開彼此的距離。

「沒事啦。」我勉強的扯開笑，「我可以自己走。」

「妳原地跳三下我就放開妳。」

「你太殘忍了。」

接著完全在我的預期之外，傅齊勳一點預告也沒有，忽然施力將我一把抱起，有好幾秒鐘我連基本的呼吸都拋之腦後。

「你、你做什麼？」

「節省時間。我不想跟妳相處太久。」

靠在他的胸前，隱約的心跳聲迴盪在我的耳際，微微的震動，隨著屬於他的氣味與溫度，揉合進我的意識；或許從一瞬間起傅齊勳對我而言才真正被劃分進「男人」的範疇。

男人。

我甩了甩頭。

此刻的沉默太過惹人遐想。我和他之間斷然的前提不容許衍生任何想像。

「很重嗎？」

「想聽實話嗎？」

「不想。」

再度出乎我的意料，傅齊勳居然笑了，然而在他懷裡的我卻看不見他的表情，只能感受著他身體的震動，晃動著我的意識。

我感到有些恍惚。

「開門。」

「什麼？」

「我的力氣快用光了，如果妳想再摔一次的話我不是很介意。」

確認了兩次發現眼前的門是我每天開的那一扇，從背包裡掏出鑰匙，才剛旋開門把卻感覺微妙的不對勁。

「我可以自己走進去。」

傅齊勳又自動忽略我說的話。

砰的一聲，我第一次感覺這扇門如此具有存在感，傅齊動的心跳好像快了一點，不是，又好像是我自己的心跳，咬著唇我的喉嚨有些乾渴，某些不太合適的想像滑過我的意識，斂下眼我開始數一二三四。

才數到七傅齊動就抱著我走到床邊，他以和他冰冷形象不相稱的溫柔姿態將我放到床上，抬起眼恰好迎上他的注視，微妙的定格，接著他撇開眼。

「記得擦藥。」

「嗯。」

接著傅齊動什麼話也沒說就轉身往玄關走去，我聽見門被轉開的聲響，他的身影已經踏出我的視野，但我依然盯望著他離去的方向發愣。

門被輕輕闔起，那細微的聲響卻在我意識中無限放大，終於我移開雙眼，目光落在擦傷的痕跡，因為有傷所以能輕易的得到疼惜，但那不過是同情。

我最不想要的就是同情。

站起身我翻找出急救箱，毫不猶豫的將雙氧水淋在傷口上，劇烈的痛，治療遠比傷的本身更加疼痛難忍，但無論如何必須復原。

不是為了堅強，而是不想讓自己顯得可憐。

「我跟老師也差不多進行到可以約會的階段了吧。」

「我一點這種印象也沒有。」

「老師多久沒談戀愛了？」

「我不回答私人問題。」

韓東延總是在我走過他身邊時拋出曖昧的言語，但因為是學生所以沒辦法假裝他不存在，側過頭皮笑肉不笑的看著他，雙手沾滿麵粉的他彷彿帶著某種蓄意，又伸出手沾上我的臉頰。

真是麻煩的男人。

瞪了他一眼但無法太過張揚，對話中他又刻意放大音量詢問製程上的問題，我根本走不開。

「那老師喜歡哪種類型的男人？」他稍微停頓，「還是少男？」

「我不喜歡輕浮的男人。」

「幸好我不是。」

我不小心翻了白眼，壓低聲音一個字一個字清晰的對他說：「請認真上課，韓同學。」

「老師最近越來越不小心了。」

「什麼？」

「非營業用的表情越來越常出現了。」他戲謔的扯開嘴角，「還是說，我對老師的影響力越來越大了？」

「你該進行下一個步驟了。」

「閃躲就是一種承認。」

不想理會他，我直接往下一個學生走去，然而韓東延的字句卻敲擊進我撇過頭不去注視的部分。閃躲就是一種承認。我想起 Sean。甚至想起傅齊勳。

儘管愈加期待 Sean 的訊息，卻也只是等著、讀著，而後就那麼待著。

我可以回覆訊息，也可以回撥電話，甚至可以乾脆刪除訊息，然而我任何動作都沒有採取。彷彿只要安靜的待在原地不動，在現狀中讓人感到溫暖的某些什麼就有著無限延伸的可能；縱使明白並非如此，卻反覆告訴自己或許能夠如此。

傅齊勳的存在也是，「在意」如同一株萌發的嫩芽，越避開他的視線越讓兩個人之間的空氣更加凝滯，反而突顯了對方的重要性。

一個陌生的男人，和另一個不可能的男人，還有被拋在腦後的第三個男人，像是老天爺忽然想起來「紀海音好像離戀愛有點遠」，因而一口氣拋出所有可能的選擇。

只是當愛情離自己越來越近，我就更加意識到自己想拔腿逃跑的心思。

我並不是不想要愛情，但總感覺，或許自己還沒有準備好。真正的準備好。

又或許人永遠都不可能準備好。

「海音老師，妳跟小帥哥感覺很不錯喔。」

「是嘛，我覺得都一樣啊。」

「但是他對海音老師不一樣啊。」忍住，不僅要撐住微笑還要壓抑想翻白眼的衝動，

「他那雙眼睛像鎖定在妳身上一樣。」
「聽起來，妳的眼睛好像也鎖定在他身上呢。」
「唉啊。」總是喜歡穿紅色系的阿姨誇張的笑著，「誰不愛看帥哥，但是他那種眼神不一樣啦，就是，會讓人感覺很熱很害羞的眼神啦。」
讓人感覺很熱很害羞？
「大家都知道東延哥對老師有意思。」前面的女孩轉身湊進話題，「還是老師已經有男朋友了？」
我怎麼感覺教室裡的所有人同時暫停動作、拉長耳朵等著我的答案？
這些學生也太關心我的戀愛生活。
「好、材料和麵糊拌勻之後就可以倒進烤模裡，記得要輕輕敲幾下烤模，讓麵糊內的氣泡釋出——」
幾個學生開始進行愉快的、有點大聲的竊竊私語，老師一定是害羞，我的視線不經意滑過韓東延的方向，筆直對上他的，他臉上掛著笑，聳了聳肩表示他很無辜。
嘆了一口氣，我才應該覺得無辜。
韓東延緩慢的開闔著他的唇，撇開眼將他當作幻影，然而那無聲的言語卻縈繞在我的耳際，久久揮之不去。
「害羞的女人最美了。」

不、我絕對沒有害羞。
還有，一點也不熱。

06

或許凌遲我自身的並不是他也不是愛情，而是我給出的相信；然而那時的我不知道，也不可能知道，凝望著愛情閃動的微光，以為那光亮能驅逐籠罩著我的幽黑。卻忘了，盤據於我周旁的幽黑主體便是所謂的愛情。

我聽見敲門的聲音。

背對著門收拾著私人物品，接著將抹茶紅豆蛋糕小心的裝進紙袋裡，傅齊勳總是在課程結束後的半小時出現，帶著我無法理解的堅持站在門邊，彷彿只要踏過那道門就會產生危險一樣。

望了一眼腕錶，今天他早了十分鐘。

「提早來是想念我做的蛋糕了嗎？」

邊說邊拿起背包和紙袋，轉身的瞬間我的表情連帶我的肢體都瞬間凍結，我忘記呼吸也忘記眨眼，唯一動作的是死命握緊紙袋的手。

「我好像不是妳以為的那個人。」

終於我想起了呼吸，耗費極大的力氣才得以將唾液吞嚥而下，然而我感到極度的乾渴，咬著下唇我的意志被對方的出現撞擊出難以忽視的裂痕，我用盡剩餘的意志數著呼吸，卻感到缺氧般的暈眩。

然而他並不是幻影。

「這裡不是你該來的地方。」

「我知道。」

「既然知道，那就請你離開。」

「海音，我很想妳。」

「這也不是你該說的話。」

男人忽然沉默了下來，在遙遠的距離之外用著無比深情的目光凝望著我，那之中甚至夾帶著哀傷的流光。

深情？

又或者哀傷？

真是荒謬，差一點我就失笑出聲。

男人往前跨了一步，越過了那條無形的界線，從門外踩進了門內，我盯視著他的移動，隨著他緩慢的趨近，如同一種逼迫，擠壓著我的意識，有一隻隱形的手狠狠揪住我的衣領，迫使我看見現實。

縱使過了那麼久，我仍舊無法將那份感情拋開。

「不要過來。」

「海音，聽我說，我知道自己傷害了妳，但是再給我一次機會好嗎？」

「你不覺得自己很厚顏無恥嗎？」

「我知道。」男人停在一個跨步之外，用著無比懇切的語氣，「所以我會盡我所能的彌補妳。」

「彌補？」

「海音……」

「真正的傷害，是無論如何都彌補不了的。」

「但是我很愛妳，這五年來不管做什麼努力都拋棄不了對妳的愛……」

「那是你所以為的愛，跟我無關的愛。」

「我的愛一直都在妳身上。」

「但是我身上並沒有你想要的愛。」我的聲音帶著壓抑的顫抖，「連殘渣也沒有。」

「我——」

「夠了。」任何的言語我都不想再碰觸，就連一秒鐘，我也不想要讓他佔據我的記憶，「你走。」

但他站在那裡，如同他始終站在那裡。

伍秋陽一直告訴我，愛情是危險的，所以必須保持警戒，我總以為這不過是他的過度保護，所以毫無保留的將自己扔進所謂的愛情之中，想著，愛會成為最柔軟的包覆，卻不知道愛同時也是最銳利的刀刃。

我愛過這個男人。

深深的愛過。

儘管身邊翻騰著某些反對、某些不堪入耳的言語，但我不在乎，那是我和他的愛情，沒有任何人能夠干預，只要我們夠堅強夠堅定，一定能牽著手走下去。

然而他鬆開了手。

並且用著不可饒恕的方式宣告他的放手。

他相當的富有，所以流言蜚語中的我總是被塑造成愛慕虛榮的女人，我不在意，因為我愛他而他也愛我；他相當溫柔，所以他身邊總是有想趨近的女人，同時以難堪的言語試圖將我驅離，我努力忍耐，因為他說他深深愛著我，於是我就深深相信他的愛。

為了他、為了愛情我承受了疏離與孤立，告訴自己我還有他，忽視他逃避一般的假裝我很好，也裝作沒發覺他偶爾閃避的目光，我知道他害怕承受我的痛苦，所以拚命吞嚥那些痛苦。

沒有關係，愛總有一天能讓我們克服這一切，我只能反覆的、反覆的這麼告訴自己。

直到他摟著另一個女人。

什麼解釋也沒給，彷彿這樣的一個畫面就足以宣告我和他愛情的終結，那瞬間我木然的凝望著眼前的他和張揚的女人，他始終沒有對上我的眼。

原來我的愛對他而言不過就是這種程度的存在。

我不明白，花了很長一段時間我仍舊不明白。

他的眼底還有著濃烈的心疼與愛情，不是殘餘，而是未曾消散的感情；然而他卻以殘忍的姿態走過我的面前，一次又一次。

加諸於我的孤立和難堪愈發張揚，我沒有反抗，感覺那一切都不重要，心灰意冷的時候整個世界其實都不重要，眼前上演的畫面像是與我無關的廉價電影，即使是最細微的觸動也沒有。

我像抹被奪去所有感情的遊魂，儘管看見鏡面另一端消瘦憔悴的自己也無能為力。

他卻又站在我的面前。

用著同樣深情而哀傷的眼，一次又一次的道歉，說著，因為他的母親逼迫著他離開我，他不知所措只能選擇最不應該的方式對待我；我任憑他將我擁入懷中，我不知道，也許自己真的傻得無可救藥，我又選擇相信了他。

很久之後我反覆的思索，或許凌遲我自身的並不是他也不是愛情，而是我給出的相信；然而那時的我不知道，也不可能知道，凝望著愛情閃動的微光，以為那光亮能驅逐籠罩著我的幽黑。

卻忘了，盤據於我周旁的幽黑主體便是所謂的愛情。

重蹈覆轍一般我的生活陷入了更深的孤立與欺凌，而他卻同樣逃避著我的痛苦，我感到極度的不安，逐漸懷疑起他、懷疑起愛情，也懷疑起自己。

忽然有一天所有的懷疑都不再是懷疑。而是現實。

我的面前同樣出現一個女人，這次是他的母親。

以極其羞辱的姿態將千元鈔票甩打在我的臉上，這是她的開場白，我甚至來不及理解現狀，就被迫承受。

然而我終於明白，對我而言最不堪的並不是嘲諷也不是無理的對待，而是他對於我的目光的迴避。

他將一張支票放在桌上。

「我知道妳不是為了錢才和我交往，但現在除了金錢我什麼都給不了妳，所以至少、至少讓我補償妳……」

我的喉嚨乾啞得連一個字都擠不出來。

補償。

逼迫自己吞嚥下這兩個字，花了很長一段時間我凝望著眼前的男人，愛沒有辦法被彌補，但我沒有說話，能被彌補的只有自身的愧歉。

那不過是自私。

伸出手我木然的將支票撕成碎片，沒有怒罵，也沒有哭喊，只是站起身，安靜的離開。

離開所有的一切。

我轉學到另一所大學，儘管明白這是逃避，但我反覆告訴自己，生活已經不再有他，也不會再有他。

再也不會。

「海音。」他的嗓音裡揉進濃厚的歉疚，但那歉疚本身就是一種諷刺，「我不想放棄妳。」

「你沒有放棄，而是像垃圾一樣丟掉。」

「我知道自己傷害了妳……」

「你知道什麼？你到底知道什麼？」

「海音——」

「我不想再看見你，你走，立刻離開這裡。」

他的腳步彷彿醞釀著移動，在我和他之間連一個呼吸都是拉扯，於是在他跨出步伐之前我下意識的將手中的東西扔向他，紙袋裡的蛋糕摔落在灰黑色的地板上，背包裡的物品也散落一地，我開始顫抖，害怕過去的我會再度吞噬自己。

「紀海音？」

熟悉的聲音阻斷了他想趨近的意圖，傅齊勳快步走到我身邊，有意或者無意的站在我前方，擋去屬於男人的畫面。

「你有什麼事？」

「我……」停頓之後他並沒有回答傅齊勳，「海音，我不會放棄。」

我聽見他離去的腳步聲，我止不住顫抖，身體不自覺的癱坐在地，視線落在地板的蛋糕上，緊緊咬著唇，我以為自己已經忘記了，但那不過是自欺欺人的以為。

傅齊勳蹲下身，逕自替我收拾散落一地的物品，最後拉著我手臂，以強勢卻透露著溫柔的姿態將我扶起。任何探問也沒有。

這一刻的我也承受不住任何的探問。

「走吧。」

他拿著我的背包，花了一點時間找到正確的鑰匙替我鎖了門，刻意放慢步伐走在我身邊，夜晚的風竄進肌膚，我一點一滴蒐集自己散落一地的意志，卻感到巨大的晃動。

伸出手拉住他的衣襬，他似乎微微一震，又或許沒有，但他只是放任著我的拉扯，將步伐放得更緩。

就這樣無聲卻溫柔的陪我踩踏著返回的路途。

傅齊勳又花了一些時間找到我住處大門的鑰匙，鎖被轉開的聲響迴盪在走廊四周，走進屋內迎來的是一片漆黑，尚未闔起的門灑進灰白的光，他轉過身，找尋著燈的開關。

他面對著光亮，而我面對著黑暗。

「不要開燈。」

我聽見他長長的呼吸。

「傅齊勳。」

「嗯。」

「你可以借我十分鐘嗎？」

「嗯。」

我以緩慢的、細碎的步伐朝他走去，停在他的面前，我沒有看他，只是死命盯著他胸前的第二顆鈕釦。深藍色的。

我鬆開扯住他衣襬的手，卻又伸出手緊緊抓住他的襯衫，將頭靠上他的胸前，長久忍耐的眼淚一滴一滴的落下，濕黏的感覺彷彿不是來自我，而是從傅齊動的身體滲出；這麼想著我的壓抑突然潰解，像是想一口氣將藏匿在體內的哀傷與痛苦擰乾，拚了命的擠壓著胸腔。

他沒有說話，也沒有給我任何安撫，就只是直挺挺的站著。

就只是這樣待著。

愛情包裹著人性，所以顯得複雜，但追根究柢的核心是連思考都沒必要的純粹，是一種不需要理解的概念，只要感受就好。我當然明白現實中黏附著大量的考量，就因為明白，所以比誰都還想追求簡單的愛，以及愛情。

房間裡彷彿還留有傅齊動的氣味。

緩慢伸展著有些僵硬的手腳，日光透過淺藍色窗簾灑了進來，儘管喉嚨感到乾渴卻一動也不動的坐在床沿，不久之前傅齊動就坐在這裡。

他的手緊緊握住我的，殘餘的印象中帶有如此的力道與溫度，凝望著右掌心，我想事實應該是我死命抓住他的手，而他一直等到破曉才以不驚動我的方式拉開我的手，安靜的離開。

輕微的移動都能讓我驚醒，但我沒有睜開眼，或許是下意識抗拒記憶下他離去的背影。逐漸拉遠的不是殘忍，而是溫柔。

現在的我或許最難以承受的便是溫柔。

電話響了。

「喂？」

「吵醒妳了嗎？」

「沒有。」在我預期之外，是夏雨表姊。「怎麼了嗎？」

「想找人陪我吃早餐。」

於是我和表姊在巷口的早餐店碰面，她愉快的揮了揮手，俐落的套裝和紮起的馬尾，左手提著深棕色皮革女包，「上班不會遲到嗎？」

「剛剛請假了。」她拉著我的手走進店裡，「反正我還有很多特休假沒休。」

咬著唇的我隨便挑了葡萄汁和三明治，夏雨表姊表現得彷彿她就只是單純想吃早餐，隨意說了些伍秋陽的壞話，之後話題轉到她在翻閱的雜誌特輯內容。

「表姊……」

「嗯？」

「表姊是為了我請假的吧。」

「嗯。」她很乾脆的點頭，嘴角泛開淺笑，「不要擺出那種表情，眼睛已經腫得像金魚一樣，人家會以為我欺負妳。」

「嗯……」

「傅齊勳打電話給我，放心，伍秋陽被排除了。傅齊勳沒有說什麼，那男人話真的少到讓人火大，總之他要我來看妳，然後我就來啦。」表姊喝了一口蘋果汁，「妳想說就說，不想說我也沒有打算問，我會當作是傅齊勳欺負妳，下次見到他會狠狠踹他一腳。」

「他沒有——」

表姊笑了。

擺在桌下的兩隻手不自覺的拉扯著彼此，我的生命中有一條明確而斷然的裂縫，所有的一切都被捨棄在另一側，連部分的自己也是。

現在的我在這一側盡可能不要轉頭的生活，儘管有些艱難，但這麼多年來還是拚命的往前走，開始笑得不勉強，步伐也顯得輕快；然而那個男人的出現卻輕易的動搖這一切。

「昨天，他到甜點教室來找我。」我深深的呼吸，才下定決心碰觸被塞進最深處的名字。「許尚新。」

夏雨表姊微微一愣，她是支撐著我的人，也是唯一一個我完全將那段感情袒露的人。

「原來我沒有自己以為的堅強，過了這麼多年，他還是輕鬆翻騰我的感情，可能，值得慶幸的是傅齊動剛好出現，我才有辦法慢慢穩定自己的精神。」

「海音，在屬於感情的範疇裡，任何客觀的空間和時間都不是衡量的標準，在我眼裡妳已經做得很好了。」表姊以相當溫柔的表情注視著我，「人都有難以跨越的存在，很多人連靠近都沒有勇氣，但是妳不僅已經抬起一隻腳，就只差那麼一點點就能跨過；那男人的出現說不定是件好事，伍秋陽說的，面對問題才能解決問題，既然他出現了，看是要報復他、痛罵他、狠狠揍他，或是把他綁起來扔進垃圾場，我一定無條件幫忙到底。」

看著表姊認真的表情，我噗哧的笑了出來，「表姊是想把他當作伍秋陽的替身嗎？」

「機會難得。」她擺出相當無奈的表情，「不管有多麼艱難，妳終究能夠將那個男人拋開，但我無論如何都擺脫不了伍秋陽，這樣有覺得比較愉快了嗎？」

我輕輕點頭。

「海音，妳身邊有很多人可以依靠，如果覺得依靠對方會造成對方的負荷，那就利用對方吧。」表姊摸摸我的頭，「不用白不用。」

「表姊，妳偶爾有點像伍秋陽耶。」

「我不想聽這種心得。」

「表姊，」我泛開微笑，「謝謝妳。」

「做個草莓蛋糕給我就好，記得擠上滿滿的鮮奶油。」

「這樣會胖。」

「我需要儲備熱量才有辦法應付伍秋陽。」

「我知道了。」

「還有，」表姊的雙眼忽然閃現狡黠的流光，「傅齊動挺好用的，反正，失戀的人需要有事情來轉移注意力。」

所以我也幫傅齊動做了草莓蛋糕，鮮奶油也一併加量。

我把蛋糕推到他的面前，揚起愉快的微笑，他依然表現得相當冷淡，像是失憶一樣徹底將那天的事拋諸腦後，我想，他其實是個很溫柔的男人，雖然還是很難相處。

「夏雨表姊說，要先儲備熱量才有辦法應付伍秋陽。」

「確實。」

「而且，我決定拖你下水了。」我揚起笑，「所以你需要更多熱量。」

「什麼？」

「因為不用白不用。」

「那女人灌輸妳什麼奇怪的觀念？」

「表姊說，傅齊勳挺好用的，而且，失戀的人需要有事情來轉移注意力。」

「也不想想是誰害的。」

「什麼？」

「不關妳的事。」

「總之，我已經決定要利用你了。」

「不管是什麼事我都不想參與。」

「這樣吧，你把你失戀的歷程告訴我，我也把我的秘密告訴你。」

「沒興趣。」

「可是你看見我的秘密了。」

「我什麼都沒看到。」

「你明明就抱著我走進我的住處，還把我放到床上，接著隔天天亮才走，這樣的關係還不夠親密嗎？」

「跟伍秋陽有關係的人都這麼無恥嗎？」

我爽快的點頭。

從伍秋陽身上我學到一件最重要的事：當你越乾脆的承認自己的性格缺失，對方就對你越沒轍。

傅齊勳直勾勾的瞪著我，最後相當屈辱的別開眼，讓椅背完全承受他的重量，這男人的戰鬥力意外的低，居然這麼簡單就妥協了。

「不過，我暫時還沒辦法說出口，在那之前，你就多儲備一些熱量吧。」

「妳，」他的目光依然落在窗外的某一點，「太重了。」

「什麼？」

「雖然看不太出來，但妳最好不要太認真的『儲備熱量』。」

「既然不喜歡說話就不要講多餘的話。」

他居然笑了。

儘管是稍縱即逝的短暫瞬間，那弧度確實勾勒在他的唇邊，我凝望著他的側臉，感覺到微微的顫動，斂下眼，我設法甩去那難以說明的觸動。

我沒有忘記我和他之間的前提。

「真是性格惡劣。」

「紀海音。」

「做什麼?」

「我不喜歡草莓。」

我微微一愣，不明白為什麼自己的胸口忽然湧入微小的溫暖，「我絕對不會記住。」

「妳果然腦袋很差。」

「你真的很討人厭。」

討人厭的男人不止一個。

韓東延慵懶的靠在紅色單人座沙發椅上，交疊著他修長的雙腿，手裡端著有著手繪長頸鹿圖案的白色馬克杯，雙眼微微瞇起，帶著些許朦朧，毫無遮掩的將視線定格在我身上。

整整三十分鐘。

「那種姿態擺明就是想勾引女人。」

「說不定想勾引的是男人。」泰迪心情愉快的讓人很不愉快，「別忘了，這桌還有我。」

「不覺得那男人有點面熟嗎?」

「不覺得。」回話的是我，「一點也不覺得。」

「嗯……」

「不要用電視劇壞女人專用的長音，也不要用那種邪惡巫婆的眼神，我不認識，真的不認識，至少我的記憶裡一點印象也沒有。」

「妳是金魚嗎？」

「不要污辱金魚。」千碧乾脆的盯著韓東延，採取「你可以看我、我也可以看你」的囂張態度，「他好像擺明就是衝著我們這桌來的。」

「不像，一點也不像。」

我決定繼續無視韓東延，背對他的方向低頭翻閱著雜誌，雖然來回讀過三遍還是記不起來內容，我開始懷疑自己根本是一條魚，無所謂，千碧和泰迪不記得他比較重要。

千碧和泰迪一來一往的對話忽然靜止下來，有抹不祥的預感滑過，隨著沉默的空白拉長，那抹不祥彷彿貼附上我的心臟，隨著跳動擴散至全身上下。

我的預感在不希望它實現時特別容易命中。

「我果然不是擅長忍耐的男人。」

韓東延清朗的嗓音重重擊落在我的頭頂，儘管明白是無謂的抵抗，但我還是勉強翻了一頁雜誌。

真是讓人煩躁。

「你、認識海音嗎？」

「比認識還要深入一點，至於深入到什麼程度，我覺得還是由女方發言會比較適當。」

「真有風度。」

「不要誇獎他。」放棄般的我轉過身，「現在不是營業時間，我不想跟你說話。」

「海音妳、兼差嗎？」

「缺錢告訴我就好，妳怎麼可以——」

「他是我的學生啦。」

「要追妳的那一個嗎？」

「就是我。」

韓東延爽朗的笑聲輕震著周圍的空氣，他彎下身，全然無視於千碧和泰迪灼烈的目光，相反的像是想搧風點火一般將臉湊在我面前。不那麼靠近，能夠清晰看見他的表情與他的眼，也太過靠近，無法忽視他呼出的熱度。

「老師一直不約我，也不讓我約妳，我苦惱了好久，忽然想起曾經在這裡遇見妳。」他抬起手以輕柔的方式撫過我垂落的髮絲，「那位美麗的老闆娘人非常的好，才問幾個問題她就自動補充額外的部分，聽說，老師有點缺男人？」

「不要動手動腳。」

我盡可能讓身體離他遠一點，韓東延不甚在意的笑著，千碧不知何時拉了張椅子，讓他理所當然的在我身旁坐下，還相當過分的將長腿擺往我這邊。

「因為情不自禁。」

「你——」

「暖身已經夠了。」

「什麼？」

「我是認真的。」他說，「給了老師這麼長一段時間來預備，現在，才是正式開始。」

果然朋友要慎選。

千碧和泰迪雖然帶著有些可惜的表情，但相當自動的移往隔壁的空桌，「體貼」的讓我和韓東延獨處。

「我的拒絕也是認真的。」

「那不重要。」

「這不重要什麼才重要？」

「不知道。」他的腿輕輕擦過我的膝蓋，「在愛情之前，對我而言什麼都不重要。」

「你以為在玩遊戲嗎？」

「當然不是，愛情比遊戲簡單多了，只要我喜歡妳，妳喜歡我，其餘的到時候再思考就好。」

「愛情沒有那麼輕鬆愉快。」

「我相信兩個人之間的愛能克服一切。雖然很多人因為沒辦法承受阻礙或者痛苦而逃開，但我還是相信。」韓東延的語調顯得相當輕鬆，「因為脆弱的是人性，而不是愛。」

安靜的凝望著他，某些什麼隱約撞擊著我刻意鎖上的門扉，不到需要警戒的程度，卻也沒辦法輕鬆的揮之而去。

他說。

「愛情包裹著人性，所以顯得複雜，但追根究柢的核心是連思考都沒必要的純粹，是一種不需要理解的概念，只要感受就好。我當然明白現實中黏附著大量的考量，就因為明白，所以比誰都還想追求簡單的愛，以及愛情。」

我也曾經這麼以為。

然而這卻不是所謂愛情的真相。

注視著彷彿開玩笑卻態度堅定的韓東延，有那麼一瞬間我想起那段我拚命埋藏的感情，在他眼底映現的並不是那個男人的影子，而是當時的我。

撇開眼，自從那個男人闖進我平靜的生活，我總必須比往常更加費力調整自己的呼吸與步調，儘管他沒有再出現，然而他就像引信，點燃我體內深埋的痛苦與憤怒。以及恐懼。

五年來我總是以各種理由搪塞，但我比誰都清楚，縱使試圖趨近愛情卻下意識推拒著愛情；一旦哪個人捧著愛情遞送到我面前，起先會感到溫暖，卻在跨過某一條無形界線之後開始感到灼燙。

像一場大火，反覆提醒曾經以為能夠成為鳳凰卻證明不過是隻飛蛾的那個我。

所以我有意無意的漠視韓東延目光中的顏色。

也從來不回應 Sean 的問候。

不是由於這個男人或者那個男人，而是抗拒直視愛情；然而這同時卻又期盼著沁入體內的溫暖。

「老師呆呆的望著我，是想確認我的愛情是不是真的在這裡嗎？」

「我不想知道你的愛情在哪裡。」

「那我們先不談愛情，談妳。」

「我跟你沒什麼好談的。」

「我總要先知道妳的喜好、習慣或是夢想，弄清楚一點，才好攻略妳。」

攻略？

這男人一定是從火星來的。

「這種話不應該當著我的面說吧？」

「對待不同女人有不同攻略方式，我覺得妳不喜歡迂迴，越乾淨俐落越好。」他揚起嘴角，「我必須承認，我談過不少戀愛，但我通常都是認真的。」

不、火星還太近了一點。

「光憑你這段自白，我就不可能考慮你。」

「雖然女人都說希望男人坦白，但百分之九十九的女人都不怎麼喜歡實話，所以我通常會適當的調整說法。」他斂下笑認真的注視著我，「不過，對於妳，不是經驗，因為沒遇過妳這種女人，而是直覺，單純的直覺，我強烈的感覺，就算是妳不喜歡的實話，也還是應該跟妳說實話。」

想移開視線，他卻伸出食指固定住我的下巴。

「我再說一次，這不是遊戲，但我保證會很有趣。」

08

就算有一千萬份的寂寞擺在我的面前，真正能吻合我的寂寞並且成為慰藉的也只有那唯一一個。寂寞並不讓人害怕，真正讓人害怕的是找到了另一份寂寞，結果卻不是安慰，而是讓寂寞乘以寂寞後再度竄進自己的感情裡頭。

一點也不有趣。

對我而言愛情一點也不有趣。

躺在柔軟的床上，沒有任何睡意，韓東延的話語彷彿經文一般纏繞在我身上，每回想一次便勒緊一次，心口湧上微微的熱度，緩慢擴散開來。

韓東延直率得讓人顫動，在我幾乎放棄對愛簡單到無可救藥的相信，他眼底的流光嵌合上我曾經的想望；我彷彿看見被狠心遺留在過去的自己，也看見那道我曾經捨棄整個自己也想追尋的微光。

深深吸一口氣，夜晚的空氣游移在沁涼與冰冷之間，這世界所有的一切都能夠使人舒心也能讓人痛徹心腑。沒有絕對安全的區域，也沒有絕對危險的位置，即便那是懸崖。

側過頭我的視線落在掛在牆邊的紙袋，男人的襯衫靜靜躺在裡頭。

Sean。

他仍舊在晚上十點鐘傳來簡短的字句，沒有逼迫也沒有要求，如同微風，誰都以為撫過之後所有一切都未曾改變，但枝枒擺動過，而湖水也泛起陣陣漣漪。

至少，掀起了我的期待。

——經過車站的時候心血來潮買了一盒馬卡龍，果然對我還是太甜了，不過我姊姊倒是很開心。明天會是晴天，晴天總會讓我想起遇見妳的那一天。

反覆讀著 Sean 的訊息，試圖勾勒他的輪廓卻顯得相當模糊，我只能想起他清朗的笑。

回覆吧。

握著手機我爬起身，將近十二點似乎有些晚，然而勇氣時常稍縱即逝，一旦讓猶豫攀爬上意識，就等同於扔棄機會。

這五年來我都輸給了猶豫，這一次，要更加堅定一點。

於是我回傳了訊息，相當簡短，因為害怕輸入的過程中會讓猶疑鑽進縫隙，按下傳送，心跳劇烈得彷彿面對初戀男友的告白。

扔開手機我鑽進棉被裡，本來就不存在的睡意我想今天晚上不可能會出現了。

但是，我好像，稍微能往前移動了一點。

雙手緊抓著棉被，縱使是一個對大多數人而言都相當微小的動作，也讓我確實感受到力量，好像有點不一樣，無論是紀海音，或是紀海音的生活。

我相當清楚兀自闖入的那男人不會輕易鬆手，他是太過自私的一個人，但現在的我，卻開始相信自己能夠堅定的面對他。
面對他所拖曳的，關於我自身的影子。
我想起韓東延，應該感謝他的，他直率的感情確實將我推向前，雖然很可惜，不是往他的方向走。

「我說過，不要往我這邊靠。」
「那你走另外一邊。」
「五分鐘前我才換過邊。」
「你確定不是你往我這邊靠嗎？」
傅齊勳瞪了我一眼，乾脆的放棄不會有結果的對話，「手動」將我往左移動兩大步，在掌心的溫度滲入之前他就鬆開了手。
我愉悅的揚起嘴角，只要弄清楚「傅齊勳的正確使用方法」就能輕易制伏他，雖然我明白，大多時候他都讓著我，也許因為我是女人，又也許因為我背後有可怕的伍秋陽。
然而最近伍秋陽在我和他之間的影子淡卻許多。
伍秋陽已經不太對我提起傅齊勳，大概是因為膩了，也可能是傅齊勳失戀消沉期過了，抬起頭我將視線定格在他的側臉，有抹難以說明的雲霧飄過，彷彿藏匿了某些什麼，相當明顯卻沒被察覺的什麼。
「你不是說接送我到上個月為止？」

因為相當仔細的注視著他，所以能清楚感受到他短暫的停頓，雙眼微微斂下，他很快隱藏自己的停滯，如果不是這麼認真的凝望，我想誰也不會察覺。

我究竟遺漏了多少？

又或者這個男人被身旁的人遺漏了多少？

「我忘了。」

「你是金魚嗎？」

他轉頭瞪了我一眼，卻迎上我的注視，以極快的速度他收回視線，但太過迅速因而透露了閃躲的意圖。

「是擔心那個男人會再出現嗎？」

「我和妳沒有熟到需要擔心。」

他在說謊。

非常明顯的在說謊。

傅齊勳非常溫柔，卻一點也不擅長溫柔。

「還是想念我做的蛋糕？」我偷偷靠近他，「我就知道，吃過我手作甜點的人都會崇拜我，沒關係，我這個女神很親切的，下次再——」

沒有讓我說完的意思，傅齊勳再度手動把我抓住，「放到」人行道最左側，而自己則走回最右側。假裝不認識我，也假裝聽不見我說話。

真是一點禮貌也沒有。

但我說過，我已經掌握了「傅齊動的正確使用方法」，雖然有點失顏面但反正沒人看見。

再度往他身邊走去，無視於他的瞪視，繼續說著我想說的話。

「紀海音。」

「怎麼了嗎？」

「妳家到了。」

「然後呢？」

「放開我的手。」

「我沒有抓住你的手啊。」

傅齊動相當沒有耐心的拉開我扯住他衣襬的手，因為中途他蓄意加快步伐，不得已我只好抓住他，我無辜的聳了聳肩，幸好有伍秋陽這個負面教材，雖然討厭擺出這號表情的人，但耳濡目染之下我也相當擅長。

「要上來喝茶嗎？」

「很缺男人嗎？」

「我啊、有好幾個人追呢。」

他不打算理會我，直接轉身往回走，但跨了兩步之後忽然停了下來，旋過半個身子，唇角揚起他極為罕見但我一點也不想看見的笑。

「我會轉告秋陽這個『好消息』。」

「傅齊動你這個難相處又讓人討厭的男人。」

他繼續往前走。

帶著，好像有點愉快的背影。真是討人厭。

雖然討人厭的男人很多，但只要有一個惹人喜歡就好。

我和 Sean 持續往返著訊息，稍微頻繁了點，卻依然拿捏著適當的距離，也許是他，又或許是我，迴避著更深的交錯，卻踏進更深的涉入；沒有完整的輪廓，於是花費更多精神拼湊著他的輪廓。

以緩慢的速度，然而確實的，趨近。

所謂的邊界。

——我能、聽聽妳的聲音嗎？

夜裡的房間裡靜得只剩下我的呼吸與心跳，螢幕的光不知何時已經滅了，我卻還緊緊握著手機，簡短的字句彷彿滴進水杯裡的紅色顏料，緩慢的擴散，暈染，不過是那麼毫不起眼的一滴凝聚的紅，起先讓人毫無警覺的顏色，卻從落入水杯的瞬間作為起始，佔據整個顏色。

我明白，無論人多麼冀望停留於原地，都不得不移動。

前進，或者後退，人生的每一瞬間都是一場重大的抉擇，無論是否帶有意識，都確實左右行走的方向，不僅是自身的路途，同時也拉扯著另外的他人。

深深呼吸。一次。兩次。三次。

——嗯。

找尋不到更適切的回覆，這樣彷若無意義的單音，卻凝聚了我所有的氣力。

我並非不相信愛情，也明白這個男人、那個男人或者另一個男人都不可能相同，然而正因為曾經太過相信，耗盡了體內的相信與堅定，留下巨大的質疑與、恐懼。

重蹈覆轍的，恐懼。

但我不想成為一個只能逃避的人。

電話響了。

咬著唇我發覺自己的手微微顫抖，不是害怕另一端的男人，而是害怕自己，勉強吞嚥下口中的唾液，滑過乾渴的喉嚨，終於我按下通話鍵。

卻擠不出聲音。

「我是 Sean。」

「我知道。」

我的聲音顯得有些乾澀，丟出聲音之後卻彷彿拉扯出更巨大的沉默，我低下頭，但男人卻出乎意料的笑了，「雖然很想聽見妳的聲音，實際打了電話卻不知道該說什麼才好，但是，能夠聽見妳的聲音，我就已經很開心了。」

「因為是不熟悉的兩個人，所以一時間不知道該說什麼才好。」

「所以為了變得熟悉，這兩個不熟悉的人也正在努力中，雖然不知道能到什麼程度，但就我個人的期望，」他說，微微的停頓，「最好永遠抵達不了終點線。」

我的呼吸終於趨於平緩，他以輕鬆的口吻說著話，沒有逼迫甚至沒有問號，中間留著適當的空白，像是在等待，我能夠自然拋出話語。

「你的聲音有點熟悉，好像在哪邊聽過一樣。」

男人流暢的言語忽然有細微的停頓，不那麼明顯，卻像平坦道路上有著一塊突兀的石塊，也許我說錯了什麼，但在我進行更深的思索之前他又再度回復起先的樣態。

「我也感覺妳的聲音非常的熟悉，」他爽朗的笑聲彷彿震動著我周旁的空氣，「但沒辦法確認，所以必須多聽幾次才能肯定。」

「你很擅長這些嗎？」

「妳指的是什麼？」

「和女人說話。」

「嗯、相當的擅長，而且我一次只和一個女人說話，因此能夠投注所有的精神來讓對話盡可能的延續。」

「但我該睡了。」

「好，晚安。」他緩慢而清晰的說，「海音。」

接著他掛斷了連結，晚安，我忽然想起我忘記對他說晚安。

我坐在床上發愣，右手還握著手機，雖然喉嚨發出強烈的抗議我卻沒有任何找尋水源的動作，海音，男人帶著磁性的嗓音還迴盪在我的腦中，他是蓄意的，喊著對方名字時刻意壓低聲音分明是一種犯罪。

意圖使人心神不寧。

這樣，我怎麼睡得著？

「老師想到動物園兼差嗎？」

「什麼？」

「這個。」韓東延的手指在他的眼睛附近轉了幾圈，「是覺得當貓熊比較輕鬆好賺嗎？」

「你走開。」

「老師怎麼可以叫自己的學生走開？」

「今天的課已經結束，其他人也都已經回家，建議韓同學也回家好好休息，或者到教室外找尋更有意義的事情做。」

「我正在進行啊。」

「什麼？」

「攻略妳啊。」

這個人絕對有病。

而且病得不輕。

「昨天，有什麼特別的事情發生嗎？」

總感覺韓東延在「特別」這兩個字上帶著微妙的強調，抬起眼他卻一派自然的注視著我，身體半倚靠在白板旁，像是在欣賞一般看著我收拾教室，連一點幫忙的意思也沒有。

「老師慢慢收就好，越慢越好，這樣我們可以相處久一點。」

不要理他。

我把筆記本和手機胡亂塞進背包，韓東延愉快的揚起嘴角，幾乎是以蠻力硬拉起背包拉鍊，即使想無視這個男人，但他的存在感過於強烈，擾亂了我的節奏。

偶爾我會想，明明自己從來沒有考慮過這個男人，卻仍舊輕易的被他撥動思緒，並非因為他是個引人注目的男人，更加根本的原因，是他毫無遮掩的暴露自身的感情。

難以忽視的是那份感情。

「我要關門了。」

「我送老師回家吧。」

「不需要。」

「就算不危險，一個人回家也很寂寞，所以為了妳的寂寞和我的寂寞，我們就一起走吧。」

「路上多的是寂寞的人，你自便。」

「就算有一千萬份的寂寞擺在我的面前，真正能吻合我的寂寞並且成為慰藉的也只有那唯一一個。」他的眼中帶有著戲謔，卻也滑過認真的流光，「寂寞並不讓人害怕，真正讓人害怕的是找到了另一份寂寞，結果卻不是安慰，而是讓寂寞乘以寂寞後再度竄進自己的感情裡頭。」

「你怎麼能肯定我能成為慰藉而不是加乘的寂寞？」

「直覺。」

「錯了怎麼辦？」

「沒辦法。」他不以為意的聳了聳肩，「反正，本來就沒打算全身而退。」

「你——」

「據說，先告白的人就輸了，所以，打從一開始我就對著妳揮動著白旗，我沒有贏的意思，因為我的眼中看見的並不是輸贏，而是愛情，還有妳。」

但我看見的卻不是你。

如冰雹般猛然砸下的沉默斷卻了我的話語，我只能凝望著眼前帶著輕佻笑容的男人，他的態度太過輕鬆因而讓人有種他不過將愛情視為遊戲的感受；然而如同他說的、他所相信的，愛情從來就不是沉重的包袱。

「我們回家吧。」他拉起身子朝我走近，停在我面前後彎下身逕自拿走我手上的提袋，「老師。」

「就說了不用。」

「反正——」

韓東延的句尾像摔入懸崖一樣戛然中止，順著他的目光我的視線落在教室門邊站著的男人，被韓東延一攪和我都忘記注意時間。

或許這樣比較輕鬆，不要說明也沒有必要解釋，讓韓東延看著我和另一個男人離去的身影，就能讓他主動收回感情，而不需要我的拒絕。

咬著唇，我想起那個男人，一旦我這麼做，我和他又有什麼分別，不過就是想迴避他人痛苦的自私的人罷了。這樣才是殘忍。

「原來老師已經有人接送了啊。」韓東延依然掛著微笑，輕快的語調中沒有怨懟也沒有諷刺，然而正是因為太過輕快，反而讓人更加清晰的碰觸他想隱藏的情感。「那我就先回去了。」

這瞬間，我強烈感受到，只要抿緊唇，他就會帶著愛情乾淨俐落的離去，如同當時的我，無論自身帶有多少感情，一旦對方不需要，甚至要的不是全部，那就沒有糾纏的必要。

對當時的我而言，兩個人的愛情是絕對的一，或者絕對的零。

這瞬間我看見的並不是韓東延，而是五年前的紀海音。

「韓東延。」他停下步伐，間隔了幾秒鐘才旋過身望向我，「這個人是我表哥的朋友，你，下次上課不要散佈奇怪的謠言。」

「老師應該很清楚我不是那種人才是啊。」

短暫的空白之後韓東延像飲入特效藥一樣立刻掃開陰霾，他笑得好燦爛，尤其將冷冰冰的傅齊動當作背景那笑實在燦爛得過了頭。

怎麼辦，我開始後悔了。

「嗨，老師表哥的朋友。」

「你們不是需要打招呼的關係。」我快步往教室外走去，「出去，我要鎖門。」

「你是來接老師的嗎？」

「不要理他。」我硬是擠入韓東延和傅齊勳之間，「不關你的事，快走。」

「紀海音。」

我一心只想驅趕韓東延，卻忽視了身後的另一個男人，他帶有強烈寒意的語調狠狠敲擊著我的意識，並且下一秒鐘我就發現，他隱約透露的可怕氣息並不是由於被忽視也不是等待，而是方才我過於情急而抓住他的手。

像觸電一般我立即鬆手。

當然，韓東延全部都看見了。

「我的手給老師抓吧。」

「走開。」我的神經們有種約好要一起斷裂的前奏，我又不自覺往傅齊勳靠，瞄見他的目光之後我往左跨了一步，文弱的說：「我也走開。」

傅齊勳當然沒有理我。

卻主動和韓東延搭起話。

「你就是要追紀海音的人嗎？」

「對，」韓東延愉快的望了我一眼，「看來老師很開心的四處宣傳呢。」

「我沒有。」

當然這個男人和那個男人都沒有理我的意思，即使我擋在中間，兩個男人依然毫無阻礙的對話。踮腳也沒用。

「那你送她回去吧。」

「謝謝。」

男人和男人乾淨俐落的結束了協商，傅齊勳連看我一眼也沒有就轉身離開，留下我和心情相當愉悅的韓東延。於是我的心情開始鬱悶。

「我自己回去。」

說完我就直接邁開步伐，當然韓東延也立刻跟上，有一種人就是意志堅定，但去掉修飾再添加個人觀感之後，那種人就像是消滅不了的脂肪。恨不得甩掉，卻怎麼也甩不掉。

09

現實果然太過殘忍，最深刻觸及感情的瞬間，往往都黏附著失去；比起溫暖，我們更能感覺到冷，而隱約的痛比什麼都還要強烈證明，你帶著愛來過。

傅齊動沒有出現。

彷彿打從一開始我的生活裡就沒有出現過傅齊動，儘管千碧和泰迪會提起，用著和聊起藝人緋聞類似的輕淡口吻，便模糊了傅齊動存在的重量感。

取而代之的是韓東延陪我走過住處與甜點教室的路途，一個人的身影並不能覆蓋另一個人的身影，反而會由於隨處可見的差異而突顯出另一個人的存在。

即使察覺到這一點卻什麼也不能深想，也什麼都不能做。

因為我和傅齊動之間，本來就只有這麼多，也就只能有那麼多了。

只是習慣，我想。

慢慢就會忘記他的味道，也會忘記自己在某一瞬間的動搖。

然而我卻總是在下課時反覆望著錶面，即使所有事都已經完成，只要還不到三十分鐘，我就會找尋任何可能的藉口，不是為了說服自己留下，而是說服自己，留下的理由並不是為了傅齊動。

並且，我希望另一個人能夠成為我的理由。

「有什麼心事嗎？」

「沒有。」我刻意讓語調顯得輕快，偶爾見不到面讓人不踏實，卻也有那種慶幸對方看不見自己表情的偶爾，「為什麼這樣問？」

「雖然只有聲音，但只要仔細聆聽就能察覺到細微的感情，這陣子，總感覺話筒的另一端傳來淡淡的憂鬱感，沒有一定要向我說明，只是想讓妳知道，如果需要我，我就在這裡。」

「謝謝你。」

「其實我也在依靠妳，每天晚上聽見妳的聲音就有一種安心的感覺，好像無論今天發生了什麼，都能帶著平靜的心情入睡，接著就能迎接期待聽見妳的聲音的另一天了。」

「你太擅長說話了。」

「這樣，會讓妳覺得不安嗎？」

「我不知道。」我不自覺泛起微笑，「至少現在很需要你的擅長。」

「海音。」

「嗯。」

「如果我說，我越來越無法安於現狀，妳會覺得我貪心嗎？」

我明白。

現狀是無法被凍結的。

相反的，Sean 長久以來站立在話筒的另一端，對於抱持著感情的人們或許已經太過煎熬；偶爾我也揣想著他的輪廓以及他的氣味，想著，他真正的聲音與自己這些時日所聽見的聲音究竟有什麼不同，甚至，想像著他的觸碰與溫度。

我所能掌握的 Sean 太過單薄，幾近一種印象或者概念。甚至想像。

期盼與害怕相互揉合，沒有人能夠肯定那語調的失真究竟磨去的是美好，又或者是粗糙。

然而人不得不跨越害怕也踩過期盼才能趨近愛情，所謂的愛情從來就不是想像也不是美麗的幻境，而是一種現實。

所以擁有愛的人才顯得真實。而確切。

「人總是貪心的。」我深深呼吸，接著緩慢的將字句投擲而出，「而且，你的襯衫留在我這邊實在是太久了。」

於是我的心開始懸著。

沒有任何約定，卻打破了長久存在的界線，每一個瞬間都能輕易跨越，卻也在每一個瞬間之後確認了尚未跨越的事實。反覆。

我仍舊採取了被動的姿態，不抗拒卻也不主動前進，因為剩餘的勇氣不足以支撐我往前奔跑，但代價就是必須承受感情的上下浮動。

好像有點害羞，又有點、熱。

「妳無視於我又擺出這種明顯就是想著另一個男人的表情，老師，我真的對妳一點影響力也沒有嗎？」

「有。」

「真的？」韓東延愉悅的靠了過來，「開始考慮我了嗎？」

「讓人覺得煩躁也是一種影響力。」

「老師真的很擅長讓男人感到挫敗。」

「所以你早點放棄比較好。」

「沒有放棄的理由，除非，老師心裡放進了另一個人。」

「如果有，你就會放棄嗎？」

「嗯。」他停下腳步，以無比認真的目光凝望著我，「對我而言，想得到的就會拚了命爭取，但不屬於我的，無論多麼想要，我都不會靠近一步。」

安靜降臨的這一瞬間，我忽然發現，這是我第一次如此仔細的注視這個一遍又一遍說著喜歡我的男人。

其實我並不討厭他，然而打從一開始我就沒有考慮過他，但那並非由於他自身，而是我自己。我總是瞥見自身過去的映現。提醒著自己曾有過的痛，卻也重新告訴我，愛的單純與美好。

對於韓東延我感到相當的抱歉，卻也相當感激。

「我已經，有喜歡的人了。」

「是那個『表哥的朋友』？」

「我不會回答你，總之，你想要的愛我已經決定給另一個人了。」抬起眼我筆直望進他的眼，「我不會說對不起，因為沒能接受你的感情不是誰的錯，但還是謝謝你，謝謝你願意喜歡我。」

「那就沒辦法了。」

韓東延扯開一個短暫的笑，示意我上樓，然而這時候讓他記憶下我轉身的背影或許是相當殘忍的一件事，所以我泛開笑，這是我唯一能給的。

「我看著你走吧。」

「不要那麼溫柔，我會放不開手。」

「快走。」

韓東延望著我很長一段時間，終於移動的意念將凝滯撞擊出一條裂痕，然而他並非轉身，而是跨前。

伸出手他將我攬進懷中，掙脫的念頭一閃而過，我卻沒有任何動作，任憑他緊緊抱著。

「這樣我該怎麼辦才好呢？」

「韓東延——」

他忽然鬆開了手，往後退了一步。

「早點睡。」

沒有更多的話語，他果決的轉身，接著邁開步伐，一步一步踏離我的視野。

現實果然太過殘忍，最深刻觸及感情的瞬間，往往都黏附著失去；比起溫暖，我們更能感覺到冷，而隱約的痛比什麼都還要強烈證明，你帶著愛來過。

「海音。」

韓東延的身影已經消卻許久，突如其來的聲音卻凍結了整個世界，我聽見腳步聲，接著，他兀自闖入我的視野，成為無可忽視的畫面。

「你為什麼會在這裡？」

「想接妳下課，但妳身邊有人陪著，所以……」

「所以就跟在我們身後，許尚新，你也知道自己見不得光嗎？」

「海音，無論妳要怎麼出氣我都會承受，是我的錯，我欠妳太多，所以讓我彌補妳，我什麼都願意做。」

「既然如此，就不要再出現在我面前。」

「海音——」

「我們之間沒有什麼好說的了。」我轉身想走回公寓，但他卻拉住我的手臂，「放開我。」

「我真的很愛妳。」

「但我不愛你，連殘渣都沒有。」

「妳說謊，五年來妳有愛過哪個人嗎？我沒有，不管多麼努力都沒辦法讓另一個進入我的心裡，我相信妳也是，所以妳才會拒絕剛剛那個男人，不是嗎？」

「不是。」不顧疼痛我狠狠甩開他的手，「你沒聽清楚嗎？要偷聽也聽仔細一點，我拒絕他的理由是因為我已經有喜歡的人了，而那個人不是你，不可能是你。」

「妳只是在騙自己而已——」

「許尚新，自欺欺人的到底是誰？」

「海音……」

「不要再出現在我面前了，」所有的憤怒，所有疼痛，所有的哀傷彷彿在一瞬間悉數爆裂，滾燙的水緩慢滑落，模糊了眼前的男人，「如果你還有著你所謂的愛，那就不要再出現了。」

不要再提醒我，愛有多麼銳利而殘酷。

蜷曲在床邊，彷彿要將體內所有的水氣全數擠出一般我瘋狂流著淚，咬著食指壓抑著哭泣的聲響，這裡沒有任何人，正因為這裡沒有任何人，我更不想聽見哭泣的回音。

我承受不了膨脹的哀傷。

我始終逼迫著自己堅強，卻一再發現自己並不如想像的堅強。

——五年來妳有愛過哪個人嗎？

他的話語毫不留情的刺進我胸口最脆弱的部分，儘管那並非無法割捨對他的感情，卻無論如何奔逃都無法否認，對他的愛確實讓我這些年來步履蹣跚。

好不容易能夠往前走了，他卻精準的踩中那一點，挑起了我幾乎要克服的恐懼。愛情曾經讓我一無所有，我怕，真的很害怕，愛情又會掏空我所有的一切。

我的身體忽然僵住，緊緊環抱住自己，即使明白對方聽不見卻更加拚命的忍住哭泣的聲音。鈴聲響著。固定在十點響起的鈴聲今天卻讓我感到害怕。

漫長的響鈴如針般扎進我的意識，明明另一端確實連結一個溫暖的存在，但那溫暖之中包裹著稱之為愛的某些什麼，我所渴求的與深深傷害我的，是相同的存在。

終於鈴聲停了，卻留下更喧囂的沉默。

——妳沒接電話我有點擔心，沒辦法說話也沒關係，傳個訊息讓我知道妳沒事就好，再晚都無所謂。

耗費了很大的力氣才讀完Sean的訊息，雙眼非常疼痛，緊緊握著手機，連回覆訊息的精神也沒有，縱使明白他會擔心，卻一點辦法也沒有。

Sean的擔憂讓我更加無法忍受空蕩的房間，輸入了夏雨表姊的號碼卻遲遲無法按下撥出鍵，最後我撥了另一個號碼。幾乎陌生的號碼。

我不知道自己究竟抱持著什麼樣的心思，只是在那一瞬間，我想起他，強烈的想起他。

如果是他的話——

「喂？」

「我是紀海音。」
「怎麼了？」
「我——」
彷彿撥出電話、說到這裡就已經耗盡我所有的氣力，握著手機我止不住自己的淚水，壓抑許久的哭泣洩洪一般蠻橫的向他傾倒，他沒有說話，我卻感覺到他正仔細的聽著。
聽著與他無關的哀傷。

傅齊勳坐在沙發上。我的。
我跪坐在床上低著頭，偶爾以紅腫的雙眼偷瞄不遠處的男人，現在是凌晨兩點半，傅齊勳臉色鐵青的待著，桌上的伯爵紅茶飄著熱氣，但他一點碰杯子的意願也沒有。
「你要睡一下嗎？」
傅齊勳帶著濃烈恨意的眼神甩了過來，咬著唇我才剛抬起的頭又立即垂下，長長的嘆了一口氣，無論從什麼角度思考，現在的畫面簡直是荒謬；然而我的心情卻輕鬆許多，也許是哭夠了，又也許是有他在。
「齊勳葛格——」
「紀海音，既然妳做不到秋陽的無恥，就不要挑戰我的極限。」
他說得很對，這不是我的風格。

傅齊勳無奈的揉著太陽穴，我的歉疚感油然而生，只是一不小心我就笑了出來，真是亂七八糟。亂七八糟的我也把傅齊勳搞得亂七八糟。

「妳還笑得出來，真是出乎我意料的開朗。」

「我聽得出來這是諷刺。」

其實我也花了一段時間來理解「傅齊勳為什麼會出現」，不只，更貼近事實的是「傅齊勳劇烈喘息並且帶著極為著急的神情瘋狂拍打我的門」。

這一點也不符合他的設定。

不對，我只是在逃避，蓄意忽略當傅齊勳看見睡眼惺忪拉開門的我的錯愕表情。

——妳沒事？

——我要發生什麼事嗎？

——妳哭了幾個小時突然一點聲音也沒有，怎麼喊也沒有回應，妳，睡，著，了？

在他緩慢而清晰的將一個字一個字唸出的過程中我的睡意全然消卻，儘管眼睛很痛但我還是睜大雙眼假裝自己沒有睡著；然而撐大雙眼的同時我不由自主的凝望著傅齊勳，他的呼吸逐漸平緩，雖然掛著可怕的表情卻藏匿不住的鬆一口氣。

這個男人，想必很擔心吧？

——謝謝你來。

——我不是自願的。

——我知道。但你還是來了。

傅齊勳沒有打算延續我的感動，確認了我安然無事之後連招呼也不打就轉身準備離開，接著他的動作猛然止住，我看見自己的右手，一不小心就拉住了他。

——明天，要上班吧？

——所以我要回去睡覺。

——進來休息吧，離天亮沒剩多少時間了。

他很實際，短暫的考慮之後拉開我的手便跟著我踏進屋內，接著他佔據了客廳區，而我被驅趕回床上。自行跪坐請罪。

跪坐得太久雙腿有些發麻，佯裝自然的變換姿勢，卻在移動之中衍生出更大的疼痛，趴倒在床上一邊忍著痛楚一邊哀掉我逝去的形象，餘光瞄見傅齊勳冷眼觀賞著這一幕，我乾脆順勢裝可憐。

但他完全沒有動搖的跡象。

真是無情。

想必我已經被他劃分到跟伍秋陽同一類別了。

「不管你多不情願，在這裡睡上幾個小時對你而言是最有效益的選擇。」我好不容易伸直雙腳，假裝什麼都沒發生的坐直身子，「床給你，我睡沙發。」

「不要過來。」

「我對你一點興趣也沒有。」

「這是為了妳好。」

「難道你……」

「就算妳是女人，但既然妳是跟秋陽一樣的女人，我也不會客氣。」

這是威脅。我懂。

傅齊勳最後認命的靠在沙發椅背上，用著偶像劇男主角般相當不符合人體工學的姿勢假寐，雖然看了就很不舒服，但人長得帥也不輕鬆，大概有偶像包袱。

不對，甩了甩頭，只要和傅齊勳在一起我的思考就會伍秋陽化，明明不久前我還像個狠狠摔進谷底的女人，現在腦袋卻飄過玩笑般的感想，這一定是傅齊勳的問題。

然而凝望著這樣的傅齊勳，我的胸口卻隱約揪緊，不擅長溫柔卻太過溫柔的這個男人，確實抓住了我的手，將我自最深的底端拉上地面。

並且不求回報。

關了燈，讓傅齊勳的面容沉入夜的幽黑，我闔上眼，告訴自己，不能有更多的動搖。

不能。

10

無論前方有些什麼在等著，就這麼裹足不前整個世界也不會停止旋轉；沒有哪條規則規定人必須往前走，但世界不會凍結，身旁的人也不會打住，為了抵達所愛的人們身邊，就必須邁開步伐前進。

才能到達你所在的那裡。

「老師放棄當貓熊，改挑戰金魚了嗎？」

「你為什麼會在這裡？」

「因為擔心妳。」

「什麼？」

韓東延彷彿忘了上一秒鐘才說過的話，斂下他閃現的認真神情，旋即扯開爽朗的笑，拉開椅子自顧自的在我身旁坐下。

「這裡是賣咖啡的地方，所以我是來買咖啡的。」韓東延的視線明顯停留在我紅腫的雙眼，撇過頭迴避他的直視，「是因為拒絕我覺得後悔所以傷心整個晚上嗎？」

「不是。」

「就算當不成愛情的選項，也還是能當朋友吧。」

「朋友？」

「嗯，雖然是充滿私心的朋友，不過我可以當妳免費的依靠。」他豪爽的拍拍自己的肩膀，「來吧。」

「不需要。」

韓東延聳了聳肩，一臉可惜的模樣，修長的腿換了交疊的方向，身子微微傾前，緩慢眨著眼，那之中帶著饒富深意的流光，我感覺周圍的空氣彷彿產生微妙的質變。

「昨夜，我失眠了。」

「所以呢？」

「所以整個晚上我都無法停止思考。」他斂下笑，仔細而認真的凝望著我，我感到有些乾渴卻動彈不得，「我還是沒辦法放棄。妳。」

「這跟你昨天說的話——」

「我知道，我也討厭說話不算話的人，但即使是討厭自己我也還是想收回昨天的話。」韓東延的話語掌控了空氣的流動，幾近凝結的狀態，卻在聲音投遞到我耳際的瞬間忽然劇烈流動，「也許妳已經有了喜歡的人，但在妳完全給出愛情之前，我不想放棄，不，是我沒辦法放棄。」

「這只是徒勞無功的耗費。」

「那也無妨，反正，愛的本質是一種給予，而不是得到。」終於他扯開笑，回復一貫的輕鬆態度，「雖然這麼說，但貪婪是種人性，沒辦法選擇默默喜歡妳就是一種貪婪，我不會否認這一點。我是個相當貪心的男人，但也是一個願意忍耐的男人。」

「你是在誇獎自己嗎？」

「只是在自我介紹。」他的笑裡添了一些爽朗感，「事實上，妳根本沒有認識過『韓東延』這個人，而在沒有任何前提下我就說喜歡妳，對於某些人而言『沒有前提』的本身就是極大的魅惑，但大概妳不屬於這類人。」

他淺啜了一口咖啡，彷彿這樣的停頓是為了讓我百分之百接收他話語的意義。

「愛是太過強烈的存在，所以人容易只看得見愛而忽略了核心的那個人，大多數的人會在接受之後為現實與想像的落差感到失望，但也有一類人，無論核心是什麼樣的存在，只要帶著愛情前來的人，都一律禁止進入。」

他說。

「所以我要改變攻略方法了，雖然改變不了我確實喜歡妳的事實，但暫時我會收起對妳的非分之想，儘管是身為男人，但會是一個保持適當距離的男人。」他揚起懾人心神的笑容，「然後，等妳過來。」

等妳過來。

注視著眼前掛著笑的韓東延，他所說的話彷彿拋射出精準的箭，結實的沒入紅心，長長的對望，像是為了讓我得到確認，他的雙眼毫不閃躲的迎上我的。那之中有著一個男人的愛，以及一個男人的想望，卻也有一個男人的退讓。

「這是以退為進的策略嗎？」

「要這麼說也是。」他輕輕眨了眼，移開了視線，「雖然我不擅長後退，但如果這能讓我從妳手上獲得一個機會。」

「但我昨天確實的告訴過你，我已經有喜歡的人了。」

「嗯。」他拉回目光，以苦惱的表情點了點頭，「不過，老師還不是『誰的』吧，如果我記得沒錯的話，妳說的是『你想要的愛我已經決定給另一個人了』，所以這樣我沒有辦法放棄。」

「你——」

他扯開討好的微笑，「就當作我昨天太過心痛而丟失判斷力，就讓我耍賴這一次就好，嗯？」

韓東延以相當誠懇的表情注視著我，千碧和泰迪不知道什麼時候也湊到他身後，三個人一起以極其認真的神情等著我的回應，忽然我笑了出來，真是莫名其妙的畫面。

「這是認可的表現嗎？」

「韓東延。」斂下笑我清晰而緩慢的說，「我的立場不會改變，正如同你堅定的試圖追尋你想要的愛，我也抱持著相同的心思，注視著這樣的我，你、你會比轉身離開更感到疼痛。」

他的雙眼閃動的流光之中沒有一絲動搖。

「那也沒辦法，就算會感到痛，也不想放過任何一絲的可能。」

——因為愛不是一種選擇，而是註定。

韓東延沒有攻略我，但秒殺了千碧和泰迪。

在這種狀況下本來打算提起 Sean 的我更加無法吐實，於是我又將話語吞嚥而下，甚至告訴他們「我有喜歡的人」這件事只是拒絕韓東延的藉口。

一邊踢著柏油路上的碎石一邊走著，忽然我停下腳步，視線滑過四周的風景，發現自己居然在無意之間踏進了遇見 Sean 的地方。

無論怎麼走，人總會繞回原點。

深深吁了一口氣，又走了一段路，儘管不遠處有好幾張空長椅，我卻在矮灌木旁的石磚坐下；無論是多麼舒適的選項，偶爾就是想往另一邊走。

我想起我還沒回覆 Sean。

昨天夜裡他字裡行間所透露的擔憂拉扯著我的神經，也許是感覺到始終待在遠方的他確實的趨近，有一種自己好不容易維持平穩的生活即將引發劇烈動盪的預感；然而愛的本身即是一種動盪，人們總是期待著那樣的刺激感，同時害怕著自己會被晃動的感情甩出安全地帶。

不過就是怯弱。

咬著唇，韓東延深邃的眼神彷彿攫獲我的意志，我感到有些暈眩，不自覺緊抓著裙襬，反覆想起被丟失的紀海音。

韓東延的愛直接而炙烈，彷彿沒有什麼能夠阻止，也沒有阻止的任何必要。因為妳在那裡，所以我就往那裡走。簡單，果斷，毫不迂迴。

他像是一面鏡子，不只映照出相似的那個紀海音，也映照著站在反面的這個紀海音。

我拿出手機，又讀了一次Sean的訊息。

——妳沒接電話我有點擔心，沒辦法說話也沒關係，傳個訊息讓我知道妳沒事就好，再晚都無所謂。

Sean的訊息我讀了不下百次，但就連「我沒事」也無法輕鬆回覆，我不知道為什麼，將自己抽離後感到相當荒誕，但再度面對時依然不知所措。

我不懂。想破了頭也不懂。

盯望著手機螢幕，我不喜歡這樣的自己，這也不是真正的我，斂下眼做了幾次長長的呼吸，更加用力的抓握著已經皺成一團的裙襬，終於我按下他的號碼。

抬起眼我聽著熟悉的響鈴，告訴自己無論如何都必須要勇敢，不只是為了自己，也為了韓東延直率的感情；韓東延總是推著我往前走，用著我所不能回應的愛推著我往自己想找尋的愛前進。

這是唯一我能回應他感情的方式了。

「海音？」

「抱歉，在這種時候打電話給你。」

「沒關係，」他說，什麼也沒有追問，「能確認妳沒事就好。」

「昨天，發生了一點事，所以沒辦法接電話……」

「不用勉強自己解釋，雖然不可能不在意，但是對我而言更重要的不是昨天發生了什麼，而是妳。」清晰的他的呼吸從另一端傳了過來，「我知道，有很多事即使想解釋卻找不到說明的方法，海音，我……我只是想抓住一個能夠待在妳身邊的機會而已。」

「我聽不太懂……」

「沒什麼。」他迅速的調整了語調，用著輕快的口吻，「只是現在我們通了電話，該不會，用掉了晚上的額度吧？」

愣了幾秒之後我笑了出來。

「當然不會。」

「那真是太好了。」

「Sean。」

「嗯？」

「我……」

「怎麼了嗎？」

紀海音，妳可以的，無論前方有些什麼在等著，就這麼裹足不前整個世界也不會停止旋轉；沒有哪條規則規定人必須往前走，但世界不會凍結，身旁的人也不會打住，為了抵達所愛的人們身邊，就必須邁開步伐。

前進。

才能到達你所在的那裡。

也許你會過來，但在那之前，無論如何我都不知道你會不會過來，所以，就由我過去吧。我彷彿聽見被遺留在遠處的紀海音這樣說著。

「我，」閉起眼我一口氣將體內所有的勇氣拋出，「想見你。」

想讓你的輪廓不再模糊。

「我不想見到妳。」

男人站在門邊，一點也沒有邀請我進去的意思，用著想驅趕我離開的眼神注視著我，但我沒有一點離開的意思。

把裝著蛋糕的提袋塞進他的手裡，趁著他將精神放在閃開我的觸碰之際我逕自鑽進了他的住處，盡可能不去看他，不是因為害怕，而是避免在他臉上讀見我自己面對伍秋陽的表情。

往好處想，他應該是習慣了。

「妳為什麼會知道這裡？」

「我不能說。」

「除了夏雨還能有誰。」

「那你為什麼要問？」

「紀、海、音。」

「我都帶禮物來了，主人好歹要客氣一點。」我轉了半圈之後直接在沙發坐下，忽略他愈發強烈的瞪視，「我不介意自己去泡茶。」

「一開始我還以為妳稍微正常一點，沒想到骨子裡你們伍家的人都一樣。」

「我不想聽這種感想，夏雨表姊也不會想聽見，而且其實我不算伍家人。」我扯開友善的笑，「表姊說你沒什麼朋友，找點事給你做是為了你好。」

「我沒空。」

「我不相信你。」

「妳——」

「雖然很不願意，但我跟伍秋陽相處的時間一定比你長，所以我學到的一定比你多。」我語重心長的對他說，「可憐之人必定有其可恨之處，我覺得現在的自己很可憐，所以要找個地方發揮可恨的部分。」

「妳對其他人倒是很安分。」

他咬著牙擠出這句話，終於放棄般的關上門，隨手將紙袋放到桌上，雖然帶著相當冰冷的表情動作卻非常輕緩，大概是怕碰傷蛋糕，我不自覺泛著笑，凝望著這個總是拒人於千里之外的男人，儘管必須找尋進入的縫隙，但稍微碰觸到真實的他就會感覺到難以言喻的溫暖。

或許也因此在他面前我總是比較接近從前的自己。

「所以說你比較特別。」

「我不需要。」

「太遲了，再怎麼說你都是第一個在我住處過夜的男人。」我皺起眉，苦惱的盯著他，「伍秋陽如果知道說不定會暴走……」

傅齊動乾脆的放棄言語，瞪了我一陣子之後似乎想忽視我的存在忽然撇開眼，轉開電視直接採取將我當空氣的策略。

但我不是空氣。

默默移動到傅齊動身邊，愉快的拿出蛋糕，特地減糖的抹茶紅豆蛋糕，討好般的遞到他的面前；據說這個男人其實不太會生氣，雖然很難相處但忽略很難相處的部分就好。

「要我餵你嗎？」

「離我遠一點。」

「吃一口？」

「走開。」他伸出食指抵住我的額頭，毫不留情的將我推開，「想做什麼就直接說。」

「解釋起來需要一點時間……」

「那就不要浪費時間直接回去。」

「真不懂女人心。」

「我不想懂。」

放下蛋糕我又偷偷靠近了一點，但旋即又被推開，他大概是覺得有些煩躁，索性起身走到牆邊，隔著一段距離冷淡的看著我。

做了幾次深呼吸，這些無關緊要的動作並不是想激怒他，只是想轉移自己的注意力，讓自己不要那麼緊張。

我以為見了傅齊勳之後就會消弭掉某些緊張，卻沒意料到見到他的瞬間，我體內積聚的緊張忽然顯得更加劇烈而膨脹。

凝望著眼前不帶任何表情的男人，忽然，聲音不受控制的滑出，那些我進行了長久的準備，卻始終做不好預備的字句，就這麼落在我和他之間。

應聲擊破了沉默，卻帶來更深的沉默。

「我，想談戀愛了。」

傅齊勳微微皺起了眉，彷彿正在思索我的話意，微妙的沉默以話語的尾端作為起點逐漸蔓延開來，進而包裹住我和傅齊勳。

我應該接續著說，關於 Sean，我應該不加思索的提起 Sean 的名字，打從一開始這就是我按下他住處門鈴的理由；然而這瞬間，凝望著這個男人的瞬間，我的聲音卻哽在喉嚨。

也許是想從他的表情裡找到某些什麼。

但那又是些什麼？

我不知道。

想找尋的或許並不是他體內洩漏的線索，而是我自身想看見的痕跡，我斂下眼，試圖揮開浮現於腦中那模糊的意念。

我並不是為了試探傅齊動，也不是為了試探自己。

無論是些什麼，都不會有任何答案，因為問號根本沒有存在的位置。

「之前我說過的，有那樣的一個男人，經過一段時間慢慢理解之後覺得想更靠近對方一點……」低下頭盯視著自己交疊的雙手，我的語氣顯得有些紊亂，「因為停在原地太久了，好不容易有想往前的勇氣，但是，這一邊需要勇氣，另外一邊也需要勇氣，我的力氣不夠大，所以想、請你幫忙。」

我說。

「讓我可以，離開膠著的現狀。」

「辦不到。」

「你確定不多想一下再回答？」

「妳好像忘了，從妳站在門外我就開始拒絕妳了。」

「我只有你能拜託了。」

「那是妳的問題，不是我的。」

「你都還沒聽『請求』的內容，不會帶給你太大的困擾，只要小小的舉手之勞。」

抬起眼我以懇求的目光注視著他，「我會報答你的，我保證。」

「我拒絕。」

「傅齊勳……」

「既然是妳自己的感情，就應該自己解決，就算想找人幫忙，也不該是我。」

「為什麼？」

「因為我和妳之間，一點關係也沒有。」

一點關係也沒有。

傅齊勳沒有情緒起伏的話語悶悶的扎進我的胸口，咬著唇我發不出任何聲音，他移開眼讓視線落在右側的某處，他的聲音持續敲擊著我的意識。

我和妳一點關係也沒有。

無論對我而言傅齊勳是多麼讓人安心的存在，我卻沒有考慮過他的立場，也許打從一開始我所帶給他的就只有困擾而已；而我，卻自顧自的試圖將他拖進我自身的漩渦。

不是他無情，而是我搞不清現實。

「也是。」斂下眼我抓起背包，「對不起，隨便的闖進你家，蛋糕就當作陪罪，我先回去了。」

低著頭我不想看見傅齊勳的表情，擦過他的身旁我的鼻尖撫過屬於他的氣味，然而我的移動卻猛然被阻止，不期然的施力扯住了我的手臂，傅齊勳的溫度自他的掌心毫無阻隔的滲透進我的肌膚，我沒有抬頭。

我沒有抬頭的勇氣。

「我要回家了。」

「不要裝可憐。」

「我沒有裝可憐。」

「那妳就不要掉眼淚。」

「我沒有哭。」

我和傅齊勳僵持在原地，溫熱的液體緩慢的滑落，在如此的空白之中我才意識到自己正在落淚，我沒有想要哭的意思，也沒有掉眼淚的理由；然而這一刻的我的的確確控制不住湧出的水珠。

為什麼會這樣？

他的嘆息隨著空氣撫過我的肌膚，他鬆開手，溫度卻依然扯住我的知覺。

「我不想攪和進妳的感情。」

「所以我已經準備要回家了，我——」

「紀海音，妳覺得我會讓一個正在哭的女人自己回家嗎？」

「我沒有哭。」

「就算這樣強調也改變不了妳的卑鄙。」

傅齊勳坐在我的左前方，不自覺的揉著太陽穴，雖然覺得有些愧疚但我的心卻莫名安定了下來，我仍舊不明白自己為什麼會掉下眼淚，總感覺，剛才的自己一旦跨出了那扇門，就註定失去了某些什麼。

我不知道。

「既然知道我是利用眼淚來逼迫你，你就乾脆視而不見，不是更輕鬆愉快？」

也許，讓傅齊勳相信我的淚水不過是一種卑鄙會比較輕鬆。

他望向我的目光中有些什麼一閃而過，他伸手拿起擺在桌上的紅豆抹茶蛋糕，不發一語的吃起蛋糕，彷彿一種讓步，透露著他的妥協。

「好吃嗎？」

「這是妳現在的重點嗎？」他瞪了我一眼，「說重點，除了重點之外我什麼都不想聽見。」

「我想重新開始。」

傅齊勳的動作稍微頓了下，但他沒有說話，我的視線落在他修長的手指，焦點卻忽然偏移，讓畫面顯得朦朧不清。

「我遇見一個人，像是意外一樣，我想，如果不是意外自己大概會如往常一樣的推拒，長久以來我和他都只有藉由訊息或者電話來接觸對方，你大概會覺得有些荒謬，但或許因為這樣的距離反而給了我餘裕，能夠適當的調整自己。」我深深吸了口氣，讓空氣充滿胸腔，「以前的我並不是這樣，對於想要的愛情就直接靠近，但太過不顧一切的結果就是連帶把所有勇氣也耗盡了。」

「那個男人的出現，你見過的那個男人，提醒我過去的傷痛，但也同時提醒我，曾經我也深深愛過。」斂下眼，我的右手緊緊握住左手，「我想見那個人，一直在電話另一端的那個人，無論面對他之後會發生什麼事，我還是想前進；但在那之前，我必須真正割捨過去的感情，才有資格擁有另一個人的感情。」

「所以，我想主動走到那個男人面前，親自將他從我的生活驅逐。」我費力的扯開笑，「我想請你、陪在我身邊，什麼也不需要做，任何話都不必說，只要在我身邊支持著我，雖然沒有依據，但我卻有種『這樣就一定可以』的強烈預感……」

真正將話說出口後才意識到自己居然如此依賴傅齊勳，有些不安的拉扯著手指，我聽見他放下盤子的聲響。以及隱約的呼吸。

「我送妳回去。」

抬起眼我的視線緊緊鎖在他的臉龐，「傅齊勳……」

「我明天要上班。」他站起身，「不管妳想要做什麼，現在都太晚了。」

「所以你——」

「沒有所以，東西拿著，回家，現在。」

「你下次想吃什麼口味的蛋糕？」

「紀海音。」

「幹麼？」

「不要得寸進尺。」

「我沒有啊。」他甩開我扯住他的手，乾脆的拎起我的衣領將我拖向玄關，側過頭以餘光凝望著他，「你這樣會把你喜歡的女人嚇跑。」

「那為什麼嚇不跑妳？」

「反正你又不喜歡我。」

傅齊勳忽然鬆開手，移開視線轉開了門把，沒有接續我的話語逕自踏出門外，凝望著他的背影我的心臟隱約的揪緊；我甩開混亂的思緒，若無其事的走到他身邊，他沒有看向我，他的住處到我的住處的這段路途，他的目光始終沒有停在我身上。

又或許自己有意無意往懸崖邊靠去，凝望著懸在危險高處的愛情，告訴自己即使摔落也是因為懸崖而非愛情。

然而如果懸崖邊沒有愛情，人們也不會想趨近。

我想見你。

這四個字被拋擲而出的瞬間，我和 Sean 之間彷彿也產生了不可逆的質變，他停頓了很長一段時間，又或許任何的停頓都顯得太過漫長。

聽著他的呼吸，等候著他接續的聲音，所謂的跨越在意念與動作之間存在著根本性的差異，儘管我和他都抱持著趨近彼此的意念，卻始終沒有動作；也許是捨不得手中的曖昧與安全，又也許是抗拒著與期望背道而馳的可能性。

「我只是想告訴你這件事而已。」

「海音，」他的口吻非常認真，緩慢的、清晰的讓話語從那一端傳遞到這一端，「我一直想著到妳身邊，真正的身邊。」

「我……」

「雖然我的冀望比我所能想像的還要炙烈，但我還不能見妳。」

「還不能……見我？」

「現在的我，還不是妳想見的人。」

「我不明白……」

「海音，對於暫時沒辦法說明這一點我感到非常抱歉，但請妳相信我，在妳看不見的地方有著我的真心，只是現在沒有適合的方式走到妳面前。」他的聲音顯得低啞而沉重，「能夠走到妳面前的那一天，我希望看見的會是妳的笑容。」

其實我並不那麼明白藏匿在 Sean 話語底層更深的涵義，卻彷彿真實觸碰到遠方遞送而來的感情，因為看不見對方所以得不到更多的線索；然而我已經決定要相信這個男人，正如同我決定再度相信愛情一般。

「不管要走多久才能抵達那一天，我只是，想讓你知道，我對你有著、比朋友更多的私心。」

「海音——」

「時間差不多了，我該掛電話了。」

「好。」他的嗓音非常的溫柔，「晚上，我會打給妳。」

切斷通話之後我環抱著膝蓋坐在原地很長一段時間，思索著 Sean 的話義，卻理不出頭緒；但稍微能理解，他似乎有不得不克服的什麼，在那之前沒辦法更靠近，無論多麼渴望都不能。

我也有必須克服的困難。

或許以一段感情來抵抗另一份感情會比較簡單，但說到底這不過是一種自私。

縱使對方堅定的表示「我會接受所有的一切、甚至一起負擔自己身上的重量」，但對於如此一個愛著自己的人，如果懷抱著同等份量的愛，是絕不會讓對方承受不屬於他的負荷的。

因此，我必須克服。

克服那個男人，克服過去的疼痛，也克服自己對愛的懷疑。

所以需要克服的勇氣。

於是我又干擾了傅齊勳的生活。

趴在柔軟的床上我不由自主的呼著氣，垂落的手有一搭沒一搭觸碰著地板，感受著間歇性的冰涼，傅齊勳轉身的弧度忽然竄進思緒，咬著唇我索性讓整個掌心貼地，隨之而來的清醒卻也同時讓他的身影更加清晰。

明明是為了要克服過去的感情，明明是為了做好準備往 Sean 的方向走去，傅齊勳壓根不屬於任何一方，沒有想捨棄的意思，也沒有得到的打算，卻成為不得不經過的中繼點。

中繼點。

應該只是中繼點，作為一個讓人安心的存在，像是夏雨表姊，像是千碧，也像是泰迪；但這些人的影子卻從來沒有像這樣纏繞住我的思緒。

讓人心神不寧。

「妳還是不要嘗試甜點以外的料理比較好。」

「不好吃嗎？」

「嗯……很微妙。」

「微妙？」

千碧直接塞了一塊蛋捲到我嘴裡，才剛咬下我就立即明瞭她和泰迪所謂的「微妙」，不僅口感有些難以形容，味道也複雜的讓人百感交集。

這不是簡單的「加錯調味料」或是「失手」能夠解釋，而是只能意會難以言喻的狀態，我花了一些力氣才吞嚥下外表相當完美的蛋捲，也許料理的同時不小心沾染了我的感情。

我不應該在料理時想起Sean，更不應該在進行調味時回想傅齊動沉默的留白。

「看妳的表情，真慶幸妳不是味蕾出了問題。」

「不是味蕾的問題，就是感情的問題。」泰迪敏銳的嗅聞到不尋常，瞇起眼不懷好意的瞄著我，「大概是思春了。」

「不過是失敗而已，扯上什麼感情問題，不覺得太過度了嗎？」

「妳不擅長說謊。」

「但是擅長讓謊話看起來非常像謊話。」

千碧和泰迪一人一邊壓住我的肩膀，無視於我的掙扎，逼供一般的讓我坐進椅子，居高臨下並且帶著邪佞表情注視著我。

「我們容忍妳很久了，本來以為妳會乖乖吐實，我們就會假裝沒察覺到，沒想到經過那麼長一段時間，妳居然沒有坦白的意思。」

「更重要的是，妳根本不擅長掩飾或者隱藏，認識妳那麼久，雖然知道妳腦筋不曉得哪裡拐到，遇到困難時第一時間都是壓抑，等到自己解決之後或者無法解決才肯說，但至少還是會說；只是這次，不僅表現明顯到想假裝沒發現都很難，還撐上這麼長一段時間，所以，我們不打算等妳開口，既然都會說，早一點說出口比較輕鬆。」她愉快的說，「我跟泰迪比較輕鬆。」

「我很、不擅長掩飾嗎？」

千碧和泰迪毫不留情的點頭。非常用力的那種。

「沒錯。」

「會認為妳擅長的大概只有妳自己了。」

我的視線在千碧和泰迪臉上來回遊走，一直不希望自己帶給他們太多的重量，沒想到他們卻默默支撐起我，比我所能想像的還要用力。

「一臉感動也沒用，」泰迪瞇起眼，把頭湊到我面前，「說。」

「說、說什麼？」

「紀海音，妳想被迫吃光那盒詭異的蛋捲嗎？」

本來就打算說的，卻沒想到是在這種狀況，根本把傅齊勳和韓東延當作娛樂新聞看待的兩個人，才剛聽見 Sean 和我頻繁卻遙遠的往來時卻沉下了臉，我沒有提起許尚新，即使是千碧和泰迪，我也沒有打算提起。

人的心底，總有無論如何都不願意揭露的區塊。

然而傅齊勳恰巧看見了，我卻沒有閃躲，反而將他當作能夠喘息的縫隙，我的眉心不由自主的聚攏，我總以為自己的依賴如此單純，但從來沒有思索過，為什麼自己沒有逃開，明明這個男人，撞見了我最迫切想隱藏的部分。

「妳也知道要皺眉嗎？」

「什麼？」

我抬起眼，看見千碧和泰迪相互交換眼神，最後泰迪轉向我，「如果是短篇故事，絕對會被狠狠退稿，妳的敘述，簡直是破綻百出。」

「破……綻？」

「海音，我知道人一旦陷入愛情就會失去思考能力，所以無論多麼不合理的狀況都能找到方法相信，但如果對方真的喜歡妳、而且妳見過本人條件也不差，沒道理拖那麼久還不見面吧。」泰迪精準敲擊著我對 Sean 信任最脆弱的部分，「再說，其實你們也算是『見過面』，硬要說害怕想像破滅也不合理，更重要的是，喜歡是一種會讓自己迫切的往對方靠近的強烈力量，不管多麼溫吞或是多麼膽小，都還是想靠近一點。」

「但是，我也是隔了那麼久才鼓起勇氣……」

「話是這麼說沒錯，」千碧握住我的手，「但是海音，在什麼都不能掌握的前提下就陷下去是最糟糕的狀況，所以趁妳還沒失心瘋，早點面對面確認比較好。」

面對面確認。

確認。

趴在桌上我盯著自己的指尖，我當然明白風險有多大，即使是站在面前的人也可能會欺騙或者傷害自己，遑論一個憑藉著單薄印象的存在；又或許自己有意無意往懸崖邊靠去，凝望著懸在危險高處的愛情，告訴自己即使摔落也是因為懸崖而非愛情。

然而如果懸崖邊沒有愛情，人們也不會想趨近。

早說了愛情是漩渦。

既然逃不了就乾脆的往下跳吧。

站起身，抓起包包我果斷的往外走，望了一眼腕錶，時間差不多，只要保持現在的步伐就有遇見他的可能性。

生命中所有的事件都是連續反應，從第一個動作開始，勢必有所接續，縱使沒有人察覺，反應仍舊不會停歇，直到引發稱之為「結果」，而這份結果又會成為另一事件的開始。

起點在哪裡我已經分辨不清，乾脆讓我現在的移動成為開端，儘管必須經歷許多過程，只要能夠觸碰到引發下一動作的鈕，也許就能得到結果。

見到 Sean。這是預設的結果。

我放緩腳步，隔著一段距離注視著眼前的建築物，儘管離甜點教室不遠，卻是我很少經過的地方；穿著正裝的上班族魚貫走出，我不確定自己是不是能在人群之中找尋到對方，並且存在著太多錯過的理由，早退、加班甚至出差或者休假。

似乎太過莽撞了一點。

更何況，連招呼也不打就直接到對方工作的地點，這種行為簡直像騷擾。

嘆了口氣，沒碰見反而更好，甩了甩頭我閃躲一般的轉身，卻在那弧度之後落進微乎其微的可能之中。

他就站在我面前。

「妳為什麼會在這裡？」

「路、路過。」

「妳一臉作賊心虛的樣子。」

「我沒有。」

「妳在這裡站了很久，看樣子不像是路過。」

「我沒有看見你……」

「這棟大樓不止一扇門，不知道妳很醒目嗎？」

「我……」

「不要站在這裡，我不想讓同事撞見。」

「跟我走在一起很丟臉嗎？」

「一個女人等在公司外，不管怎麼解釋都很麻煩。」他瞄了我一眼，「特別是妳，本身就很麻煩。」

聽見他這種感想我的反應居然是泛開微笑。

「一起吃晚餐嗎？」

「紀海音，」他忽然停下腳步，我回過身迎上他的雙眼，「不需要這種鋪陳，想說什麼就直接說。」

我和他之間隔著一個跨步的距離，他的注視裡帶著冷淡，我看不見他瞳孔的倒映，雙手不自覺握緊，感覺到自己的呼吸顯得有些費力。

「我們之間是不需要鋪陳的關係嗎？」

傅齊勳沒有回答我。

用眼角餘光瞄著餐桌對面的男人，右手用叉子戳著義大利麵，他沒有理會我的意思，放下叉子我索性將視線正對著他，非常有用，他抬起眼，透著冷意的目光隨之遞送而來。

「雖然我知道你很難相處，但我還是覺得可以和這樣的你相處，有點自以為是我知道，對你而言我也沒什麼幫助，又老是麻煩你，可是，對我來說你是我的朋友。」我說，「而且是很重要的朋友。」

拿起水杯我喝了半杯水，淡淡的檸檬氣味擴散在口腔之中，鵝黃色的燈光潑灑在他的身上，形成一種朦朧的遙遠。沒辦法說明，但我對於此刻透露的距離感到異常難以忍受。

「再說，難過的時候想依賴朋友、有困難的時候找朋友幫忙、缺乏勇氣的時候更需要朋友的力量，雖然每次都把你的生活攪動得亂七八糟，但第一個總是想到你，也覺得、覺得如果有你自己就不會有問題……雖然是一面倒的依靠你，但我不是那種利用完就逃走的人，真的，以後、我也會成為傅齊勳的後盾。」

「妳不知道有一種東西叫做電話嗎？」

「什麼？」

「以後不要跑到我公司。」

——以後？

傅齊勳又低下頭繼續他被打斷的晚餐，意會過來之後我開心的笑了，他旋即瞪了我一眼，真是難相處，但果然扣除難相處這一點，傅齊勳就沒有太大的缺點了。

接著我一邊玩著義大利麵一邊「自言自語」，關於 Sean 的事，比告訴千碧和泰迪的版本更加完整，因為沒必要掩蓋那個男人的存在。

他沒有發表任何感想，就只是聽著，偶爾眉心會稍微聚攏，就是在提及那些被泰迪歸類為「破綻」的部分。說不定除了我之外所有人都會皺眉。

「所以我現在有兩件重要的事該做，把前男友徹底推出我的生活，還有、見到 Sean。」服務生來回走動了幾次，我終於放下叉子，讓她收走剩了一半的餐盤，「我在腦袋裡排演過，都很簡單，只要走到前男友面前把該說的話說完，接著傳個訊息或是打電話約 Sean 見面就好，真的，很，簡，單，但是我根本做不到。」

說著只要跨越就好，然而跨越的本身就是所有動作裡最困難的部分。

人總有最大的盲點以及，最不堪一擊的弱點，必須克服這兩者才能夠畫出跨越的弧度，因而大多數的人裹足不前又或者選擇放棄。

紀海音已經在原地打轉五年，我沒有一個又一個五年能夠損耗。也不想這麼過。

「所以……」

「所以妳是要我幫妳解決前男友，然後替妳約可能的新男友？」我怎麼感覺據說不太會生氣的傅齊動好像有點動氣，「辦不到。」

「讓另一個人替自己開路確實輕鬆很多，但是，我希望跨過阻礙的是我自己。」我輕輕扯了嘴角，凝望著眼前的男人，「雖然都是往前移動，但對我而言卻是截然不同，我曾經度過了很艱難的日子，因為不想被可憐所以乾脆什麼都捨棄，連自己也是；可是我很幸運，夏雨表姊陪著我，認識了千碧和泰迪，就連不知情的伍秋陽也支持著我，現在，我還遇見了你。」

斂下眼，我的視線落在他面前的玻璃杯。

「雖然捨棄的東西沒辦法找回來，但至少，我想稍微靠近自己的初心一點。」再度抬起眼迎上他的注視，我緩慢的說著，「我沒有想要你替我做些什麼，只要站在我的旁邊就好，知道你在這裡，對我而言就是力量了。」

12

直到他踏出我的視野那瞬間，我才終於想起，那短暫卻決定性的凝滯，是一種帶著疼痛的逼迫。

逼迫自己不能回頭，也逼迫自己、不能讓對方察覺自己的留戀。

根本像是告白。

仔細思考我對傅齊動傾吐的那一長段的自白，只要稍微偏移零點一公分就會落入最曖昧的灰色地帶，然而在那當下我什麼也沒意識到，一股腦的想將內心的感情傳遞到他那端，試圖消弭餐桌之間橫放的距離感。

沒辦法確切的說明，但只要想起那種拉開距離的感覺，彷彿有無形的手勒住我的脖子，不僅難以呼吸，還伴隨著強烈的痛楚。

我猜想，自己只是想牢牢抓住一個能夠喘息的縫隙。

因為害怕回到缺乏氧氣的地方。

但這麼想，無論從什麼角度看我根本就是在利用傅齊動。頭好痛。光想著自己卻忽略他的感受，連他的拒絕也無視，不想讓別人可憐同情，但也不想讓他厭煩。

無解。

把所有力氣用在打發蛋白上，準備加進其他材料時差點把中筋麵粉倒進杏仁瑪莉的碗裡，明明已經把希臘雪球的材料擺到工作檯另一邊；瞄了一眼掛鐘，再過一個小時大概就會有學生走進教室，我鼓起臉頰，稍微練習營業用的表情，伸手拿了低筋麵粉，確認了兩次才倒進碗中。

跟課程沒有關係，偶爾我會提早到教室製作一些小點心讓學生多品嘗不同類型的甜品，這也是我用來紓壓的方式，但今天似乎沒有什麼用處。

「還沒踏進門就聞到香味，紀老師，今天有什麼好吃的嗎？」

「千碧？」跟在她身後的是一臉睡眠不足的泰迪，「還有泰迪，你們怎麼來了？」

「我們決定先幫妳試探那個男人。」

「哪個男人？」

「連真名都不告訴妳的那一個。」

泰迪喝著手裡的咖啡，疲倦的打了呵欠，聲音帶著一些鼻音，「我們先假裝打錯電話，不然就假裝推銷員，反正隨機應變，總會套出一點什麼來的。」

「重點是要套出對方是不是已經有老婆或是女朋友了。」

「可是……」

「他又不會知道，沒有人會在意打錯電話的陌生人，但對妳來說，至少會多一點踏實感，我跟泰迪也會比較放心。」千碧望了泰迪一眼，「我和泰迪不管怎麼想，都沒辦法相信這種故事情節，就是，說了喜歡妳但又說不能見妳，甚至連真名都沒說——」

「妳可以拒絕，我們不會勉強妳，只是提供一個選項。」

「我……」

我的視線在千碧和泰迪臉上來回遊走，在透露之前任何破綻都能輕易的編織理由，一旦有哪個人指著裂痕，即使撇開眼仍舊在意，特別是充滿不安定的愛情。

「好吧。」

拿出手機找出Sean的號碼，泰迪的手指俐落的輸入，討論了一陣子之後，泰迪決定假裝「Sean的朋友」，就是流行的詐騙集團手法，熟稔的說著「好久不見、是我啊」，重要的是接著說「你跟那個女朋友結婚了嗎？」

「趁妳的學生還沒來——」

「等一下，你要現在就打？」

「不然要等什麼時候？」

泰迪是標準的行動派，抓住他的手暫緩著他的動作，從他身後的窗戶我看見逐漸走近的韓東延，我忘了他偶爾會特別早到。

韓東延沒有攪和進來的必要。

「今天有什麼聚會嗎？」

「沒有。」

「提早到是為了海音吧。」千碧的手在背後打了暗號，泰迪自然的起身拿著電話往教室後方走，「妨礙到你們獨處真是不好意思。」

「那以後就麻煩你們多製造一點我和老師的相處機會——」韓東延的聲音似乎被什麼給打斷，他伸手從外套口袋拿出手機，「抱歉，我接一下電話。」

「嗯。」

他拿著手機往教室門口走去，千碧的注意力旋即轉回泰迪身上，站在角落的泰迪將手機貼在耳旁，但視線穿過我和千碧，落在門邊的韓東延身上。

「喂、你好？」韓東延的聲音從另一端飄來，泰迪的眉心緊緊聚攏，「請問是哪位？」

有些微妙的什麼正緩慢擴散。

我的胸口湧現些許不安的波動，泰迪的手放了下來，他唇邊掛著不很真心的笑，「沒人接。」

「嗯……」

「之後再打看看，」泰迪示意千碧拿起提包，「妳的學生開始出現了，我跟千碧先走了。」

「好。」

泰迪點了頭之後就和千碧轉身往外走，恰好迎上走進教室的韓東延，他打了招呼但不給千碧回應機會泰迪就拉著她離開。

泰迪怪怪的。

「發生什麼事了嗎？」

「不知道。」

韓東延還想說些什麼，但烤箱叮的一聲打斷了他尚未起始的話語，幾個習慣早到的學生喧鬧的踏進教室，旋即發出曖昧的聲音；本來竄上我胸口的什麼又猛然消散不見，因為是營業時間，私人情感必須被擱置。

「老師最近跟喜歡的人有進展嗎？」

「一直都很有進展。」

「聽起來像是沒有。」韓東延邁開步伐走到我面前之後轉過身，以倒退的姿態走在我正前方，「那我可以再告白一次嗎？」

「不可以。」

「我喜歡妳。」

「就說了不可以。」

忽然他止住移動，沒得選擇我也只能跟著停下，我和他恰巧站在街燈正下方，冷色調的白光讓對方顯得格外真實卻也分外失真。

「雖然說會安分，但每一秒鐘都想飛奔到妳身邊，真正到了妳身邊卻又不得不逼著自己站在適當的距離外。」他輕輕扯開唇角，泛著讓人心疼的弧度，「我總是想著，只要有一秒，一秒就好，妳能將視線定格在我身上，但我卻怎麼也等不到。」

他說。以沉靜緩慢的口吻。

「就算是乞求得來的結果，但就這麼一分鐘，能不能像這樣，只看著我就好？」

我說不出任何話，耳邊聽見小蟲撞擊著燈罩的細碎聲響，沒有人真正計時，無論是一秒鐘、一分鐘，或者一小時，對我和韓東延而言都是既漫長又短暫。

他的目光膠著在我的雙眼，也許他始終都是這麼看我的，我卻從來沒有察覺，不、或許我有意無意迴避著他的凝望。無論是韓東延，或者韓東延的愛情，都太過閃耀而灼目，而難以直視。

但我不能給他希望。任何的。

「即使移動了視線，心也沒辦法隨心所欲的移動。」我的呼吸顯得小心翼翼，「我能明白不願意輕易放棄的心情，但是，不想放棄的你應該也同樣清楚，其實我跟你並沒有不同。」

「海音——」

我的身體猛然一震，他的聲音彷彿用力敲擊著我的意識深處，但我還來不及探究他就打破了凝滯，揚起有些無力又有些無奈的笑，「這個攻略方法好像也沒有用，下次，再換別的吧。」

「韓東延……」

「我的招數都快用光了，老師妳給點面子稍微動搖一點好不好？」他旋過身子，彷彿想讓那弧度掩去他落寞的神情，「走吧，晚上的風有點冷，老師穿得太單薄了。」

走到我身旁他脫下外套披在我肩上，殘留的他的溫度擾動著我的思緒，但他沒有給我拒絕的空間，而我也不忍心給他更多的拒絕。

於是我帶著他的溫度，鼻尖還繞著屬於他的氣味，他沒有像往常一樣輕快的說著話，我咬著唇，想起他說的，愛情不是選擇，而是註定；然而我曾經相信的註定卻狠狠傷害我，所以我不希望自己成為他的傷害。

這瞬間給他的溫柔，才是最大的傷害。

「送到這裡就好。」我把外套遞還給他，「回去吧。」

「妳早點休息。」

韓東延轉身之後的背影逐漸縮小，但他停在三個跨步外的距離，沒有回頭，我以為他會拋出聲音，但卻沒有，在短暫的停滯之後他又再度邁開步伐。

直到他踏出我的視野那瞬間，我才終於想起，那短暫卻決定性的凝滯，是一種帶著疼痛的逼迫。

逼迫自己不能回頭，也逼迫自己、不能讓對方察覺自己的留戀。

我的呼吸有些不順暢。

目睹了韓東延的背影之後悶滯感始終揮之不去，我喝了三大杯的水，除了覺得撐之外一點用處也沒有。

扔在床上的手機在我準備倒第四杯水時震動了起來，是訊息，走到床邊拿起手機確認，寄件者是 Sean。

——因為有點事，今天晚上沒辦法聯絡妳，早點休息。

我一直盯著手機直到螢幕暗了下來，咬著唇我原先就不順暢的呼吸顯得更加悶窒，緩慢的坐下，我感覺到床沿微微的陷落。彷彿一種隱喻。幾個月以來 Sean 的存在與溫柔彷若一種日常，略顯奢侈的日常，太過習慣到我幾乎忘記，Sean 其實並不是我的日常。

也許我遲遲沒有向任何人提起 Sean，不只為了保有獨佔的秘密感，更深層的，我不願意承認的，是我比誰都明白，Sean 的存在太過單薄而虛幻。

因而當千碧和泰迪一針見血的指向我美好想像最不堪一擊的點，無論多麼想辯駁卻沒有辦法，並且那動搖隨著時間隨著藏匿在我體內的疑慮不斷加劇。

但我不想懷疑 Sean。

也不願意懷疑體內確實蘊含的感情。

這種時候總會想起傅齊動。

真是不可思議，單單想著「他就在那裡」，搖擺不定的心便稍微安定了下來，但才剛找出傅齊動的電話號碼，門鈴就響了起來。

瞄了一眼掛鐘，再幾分鐘就十一點了，這不是我家門鈴會響起的時刻。

瞇著眼透過門中央的貓眼往外看，映入視野的是張扭曲卻太過熟悉的臉孔，我的手不自覺握緊，門外的人又按了一次門鈴，略顯焦躁的神情在手還沒收回之前又按了一次。

我感覺自己的身體正微微顫抖。

「海音，我知道妳在。」

他似乎放棄了門鈴，又彷彿知曉我就站在門的另一邊，他開始敲擊著門板，全然無視於夜的寧靜，以蠻橫的姿態扯動著我的神經。

「海音、海音——」

貼著門板我滑坐在地，他反覆的喊著，即使下定了斬斷過去的決心，卻始終做不好準備，我的手緊緊握著，忽然發現手機就在掌中，彷彿抓到浮木一般我忙亂的解開密碼，突現的是一組尚未撥出的號碼。

傅齊勳。

在他面前我總是如此狼狽，卻又不顧狼狽的想依靠他的存在。

「喂？」

「傅齊勳……」

「紀海音、紀海音？」他透露著擔憂的聲音確實傳了過來，「妳在聽嗎？」

「他、他在門外……」

「妳說誰？」我還來不及擠出聲音他早一步就理解了，「不要開門，我立刻過去，聽好，不要開門，電話也不要掛斷，聽到了沒有？」

「嗯……」

於是兩種截然不同的聲音刺激著我的聽覺，電話另一端的傅齊勳，以及門外的那個男人，傅齊勳每隔一段時間就喊一次我的名字，確認我安然無事，而門外的男人也反覆、反覆的叫喊著我的名字。

紀海音。

拚命的喊叫著。

然而聲音卻突然停了下來。

隔著門板我聽見微弱卻清晰的交談。

「你是誰？」

「現在立刻離開這裡。」

「你是海音的誰？」男人的音量忽然拉大，「我見過你。」

「我沒有必要向你解釋，既然紀海音不想見你，你就見不到她。」

「你以為你是誰？」

「不管我是誰，你都沒有資格站在這裡。」

「資格？」

男人彷彿被踩到最痛的那一點，情緒呈現最緊繃的狀態，門外彷彿失去了聲音，站起身我透過貓眼試圖確認，卻恰好看見男人將手揮向傅齊動的畫面。

我緊張的立刻將門打開，無暇理會就在旁邊的男人，我才剛走到傅齊動身邊，在確認他有沒有受傷之前就被他拉到身後，阻隔住另一端男人的畫面，因而我只看得見他的背影。

「海音，我只想跟妳好好談一談。」男人懇切的口吻讓人感到強烈的作嘔，「我知道妳也忘不了我，妳還愛我的，看妳的眼神就能明白——」

「你還不走嗎？」

躲在傅齊動的身後拚命的深呼吸，不會有事的，因為傅齊動在這裡，但傅齊動不可能永遠都在這裡；輕輕扯動傅齊動的衣襬，妳可以的，儘管不是自己走到那個男人面前，但至少，必須親口要他離開我的生命。

於是我緩慢的從傅齊動身後走出。

直視著那個男人。

「海音……」

我的手正無法克制的顫抖著，想擠出聲音卻沒有辦法，忽然，我感覺自己的右手被堅定的溫暖包覆，抬起頭我望向身旁的傅齊動，他沒有任何表情，只是安靜的告訴我。

我就在這裡。彷彿無聲的說著。

將視線重新落在對面的男人臉上，他是曾經我深深愛過的男人，卻帶著過去的我的愛野蠻的鞭笞著我。

這樣的人，不值得我愛，也不值得我去恨。

更不值得我賠上更多的人生。

「許尚新，」我說，堅定的，緩慢的，「我已經不愛你了，從很久以前就不愛你了，所以，我這裡沒有你想要的愛。」

什麼都不剩了。

彷彿將長久以來堵塞住氧氣的重量一口氣推開，毫無遮掩的我直視著眼前的男人，我體內將我自身也綑綁住的死結稍微鬆脫了點，有了一點空隙，讓我發覺那或許並不是死結。

傳齊動的溫度確實的傳遞而來，支撐著我度過這一刻瀰漫的沉默與空白。

「是因為這個男人嗎？」

「為什麼你總是想把錯推到另一個人身上呢？傷害我是被逼的，沒能保護我也是迫於無奈，甚至離開我也是沒辦法的事，這些，我都好好的理解並且接受了，因為你就是這樣的一個男人，在我看清之前就深深愛上的男人，所以，是我的錯，我之所以傷得那麼重是因為我給了你傷害我的能力；但是現在，看著絲毫沒有改變的你，我忽然覺得這一切真的荒謬又可笑，我的確因為你沒辦法好好的和哪個人交往，但那不是因為還愛著你，而是害怕我會牽起另一個和你相似的男人的手，我不想重蹈覆轍，所以才不敢接受愛情。」

我感覺到強烈的熱度從體內竄升，那不是恨意，甚至不是憤怒，而是長時間被壓抑的自己。

「許尚新，我不可能再給你任何的感情，連機會也不可能給你，不是因為任何人，而是因為你。」

「海音。」男人往前跨了一步，但我沒有後退，堅定的注視著他，「我一直想彌補妳，但是所有人都告訴我離開妳會對妳最好，對，五年前就是這個男人，他也對我說過相同的話；但是過了那麼久，我開始覺得我能給你更好的，海音，再相信我一次，好嗎？」

安靜並且冷靜的凝望著他，我想，這個男人確實愛過我，又或者始終愛著我，然而僅剩一邊的愛會讓兩個人瘋狂失衡，不只是我，他也連帶難以平衡。

所以。

我希望兩個人都能安穩的，落地。

畢竟我愛過這個男人。

「尚新，」我用著從前喊著他的口吻，雙眼感到相當的酸澀，「儘管你在我的生命中劃下一道深而且重的傷，我也曾經恨過你，但過了那麼長一段日子，我迂迴的打轉著，最後一次又一次回到原點，我才終於明白，其實困住我移動的並不是恨，也不是你，而是愛。」

「因為我開始害怕愛，不僅是愛情，連交朋友也小心翼翼。」有些勉強的我扯開嘴角，淚水卻隨著那弧度落了下來，「我過了一段非常艱難的日子，但正因為痛苦，我才真正明白，自己確實愛過，疼痛讓一切顯得更加真實，也因為步履蹣跚，所以讓我知道誰正在支撐著我、陪著我緩慢的走，所以，我不想恨你，而且，我也不想讓自己後悔，後悔、曾經愛過你。」

他的眼一眨也不眨的凝望著我，豆大的淚珠安靜的墜落，在兩個人都看不見的地方無聲的摔碎，我和他的愛情大概也如此。

我和他不過是在相同的點進行了不同的選擇罷了。

五年前的我試圖緊緊抓住那份愛，即便裂口尖銳的碎片狠狠割傷了我的掌心，而他太過害怕又或者太過心疼而逃躲了愛；現在的他正如同當初的自己，想抓住那份或許尚未消逝完全的愛，而逃避的人換成了我。

一個人想追，另一個拚命的逃，如果追的人沒有放棄，又或者逃的人沒有停止奔跑，這場消耗說不定會無止盡的延伸，直到其中一個人精疲力盡為止。

「尚新。」我深深的呼吸，「讓我和你的愛情，留在原地吧。」

他痛苦的閉上眼，淚水安靜的流著，彷彿默片的哭泣讓那份疼痛更加確實的傳遞而來，隔了很久之後，他再度張開眼，深深的注視著我。

「海音——」

他的嗓音中帶著濃烈的壓抑，我等著他接續的話語，卻始終沒有延伸，那話語彷彿連接無形的絲線隨著氣流飄送到遠方，又彷彿在誰也沒發覺時就已重重墜落，我不知道，總之他什麼也沒接著說，就只是轉身。

離開。

站在走廊我一動也不動的望著他離去的方向，那裡早已空無一人，我體內的時間感甚至現實感消卻無蹤，直到傳齊動鬆開手的瞬間，我才被拉回現實。

「謝謝你。」

「進去。」

他的語調依然冷淡，掌心的溫度卻仍舊留在我的手背，我還來不及反應他就從我身邊走過，同樣，消失在轉角。

13

斂下眼我的視線落在食指指腹，無形的炙熱久久揮之不去，我長長的呼著氣，開始想著愛情，想著自己，想著這個男人以及那個男人。

一切都顯得太過模糊而朦朧。

而我，卻早已選擇等待那個最模糊的男人，等著他走來。

「心情很好嗎？」

「你為什麼會來？」

「怕你想我，所以就來讓妳看了。」

「我知道表姊到東京出差。」

「吃醋了嗎？」伍秋陽愉悅的摸摸我的頭，不是溫柔的那種，是對待狗的那種，也不是對待蝴蝶犬的那種，是對待哈士奇的那種，「雖然我比較愛夏雨，但我的愛很充沛，妳不用太擔心。」

「就是太充沛了才讓人擔心。」退了一步伸手稍微整理了頭髮，不必太費心，反正他總有一百種理由可以弄亂我的頭髮，「所以你想做什麼？」

伍秋陽聳了聳肩，看起來「真的」一點目的也沒有，偶爾他會沒有理由的出現，喝杯茶吃個蛋糕就離開，雖然總是以讓人非常煩躁的姿態，但大概他只是想確認我一切都好。

他簡直把我跟夏雨表姊當女兒。

所以我轉身走向冰箱，拿出前天做的輕乳酪蛋糕，分裝到瓷盤之後從櫃子裡拿出文山包種，這是特地為他買的，雖然乍看之下是相當新潮的類型，但某些喜好相當傳統。

「聽說妳跟齊勳培養了非常『友好』的關係。」熱水倒到一半差點灑了出來，穩住，我沒有回頭，假裝很認真在泡茶，「想聊聊你們『友好』到什麼程度了嗎？」

端著熱茶和蛋糕，才剛轉身就迎上伍秋陽戲謔卻認真的神情，儘管他對我和表姊採取的策略越來越「寬鬆」，但出於強烈並且偏頗的私心，他對我周遭出沒的異性特別「感興趣」，但傳齊勳分明是他的朋友。

「就普通的那種。」

「齊勳雖然很難相處但非常誘人，看來我小看了他誘人的部分。」

——誘人？

用這種形容詞來形容傳齊勳，果然無論如何我都不願意想像傳齊勳是如何遭受伍秋陽荼毒的。

「我聽不懂你在說什麼。」

「雖然是我介紹你們認識，但你們擦出火花的機率理論上應該低於百分之三，果然就連微小的可能都不能忽視。」我不想知道百分之三這個準確的數值是怎麼來的，但總是笑著的伍秋陽忽然正色的注視著我，「海音，妳已經長大了，很多事就算我想干預也知道不能干預，特別是男女感情；就任何角度來看，齊勳都是很好的人，正常狀況下，就算我的心情會差到極點，但除了會不小心讓他吃點苦頭以外，我並不會阻止妳和他。」

正常狀況下。伍秋陽話語中的關鍵字一向相當明確。

「只是，齊勳現在並不處於『正常狀況下』。」

「茶都快涼了，你還——」

「聽我把話說完。」伍秋陽不讓我轉移話題，他的正經態度讓人相當不安，「我想妳知道齊勳跟前女友分手不久，幾個月可能不算短，但他是慢熟的類型，同時也必須比一般人花費更多的時間復原，如果只是情傷，也許有另一個人陪伴反而更好，但齊勳的狀況更加複雜，簡單來說，他的前女友還在他身邊。」

茶完全涼了，這時候伍秋陽才端起茶，注視著他的動作，他太過擅長讓對話停在讓人最在意的部分。他在等我問，也在等著我體內的問號擴大。

「茶還要嗎？」我以閒聊的口吻說著，「看不出來傳齊勳是藕斷絲連的人。」

伍秋陽給了我一個帶有深意的眼神。

「因為覺得對不起那個女人，所以就放任她，對一個女人而言，最應該提防的不是男人對另一個女人的愛，而是一個男人的愧疚感。」

關於傅齊勳的話題伍秋陽就停在那裡，我沒有追問的理由，他似乎也沒有揭露傳齊動私密的意思，總之他吃完蛋糕又弄亂我的頭髮之後就走了。

收拾完餐具之後我收到 Sean 的訊息，字句中帶著歉疚，這陣子他每隔幾天就會傳來類似的訊息，也許因為非常忙碌所以通話的次數越來越少；也許只是偶然，但我和他的關係產生改變似乎緣於我脫口說出「想見面」，儘管試圖甩去，但我體內的不安與疑問卻逐漸膨脹。

愧疚。

一個男人對一個女人的。

伍秋陽的聲音彷彿還繞在耳際，但 Sean 對我能有什麼愧疚？

站起身穿了外套拿了手機鑰匙就往外走去，夜晚是泰迪的活動時間，踏下階梯的時候我忽然發現，討厭拖泥帶水的泰迪隔了那麼多天還沒提起「打電話給 Sean」的結果，甚至連提起他都沒有，這些天心思在其他地方打轉無暇思考，但連認真思考都沒有必要，就能感覺到之中透露著怪異感。

也許只是我的錯覺，畢竟泰迪截稿日正在逼近。

在巷口等了幾分鐘公車就來了，打了電話給泰迪，他要我順道買宵夜，於是我提早一站下車，買了一些東西之後慢慢走到泰迪家。

按了門鈴沒多久就聽見腳步聲，接著門被乾脆的推開，似乎一點也不需要確認門外的人，探出來的是薄雪燦爛的笑容。

「還沒睡啊？」

「嗯、在準備考試，泰迪說如果有一科被當的話就踢我出門。」

泰迪和薄雪住，她是泰迪的阿姨，雖然是阿姨但年紀比泰迪小，相當可愛卻一點嬌氣也沒有，她接過宵夜就往廚房走去，而我逕自推開泰迪的房門，他果然緊盯著電腦螢幕。

「我來了。」

「先坐，我把這個階段處理完。」

「你慢慢來。」

坐在泰迪king size的床上，海藍色床鋪上躺著一隻泰迪熊，是我送他的第一份禮物，在我最艱難的時候碰見泰迪，他替我畫了一張畫像，那女孩非常憔悴而哀傷，他告訴我，痛苦會被自己的分身吸收，於是他時常替我作畫或者拍照，直到有一天，泰迪讓我帶了所有的畫和相片，趁著深夜在附近小學的球場點燃火焰，燒毀那些「我」。

——從現在開始我不會再畫妳了，直到妳的快樂充沛到被分身吸收也無所謂的那天，我再替妳畫。

泰迪一次也沒問過，關於我的過去，那無關緊要，他說，因為他不會是那個替我消化過去的人，也沒有人能夠替我消化過去。

「到客廳吧。」泰迪不知道什麼時候站起身，他伸了大大的懶腰，「我需要新鮮空氣。」

「這麼晚突然跑來，不是為了買宵夜給我吧。」

「嗯……」我捧著薄雪泡的熱可可，嗅聞著香甜的氣味，猶豫了幾秒鐘之後才緩緩開口，「有了餘裕之後，就突然很在意，關於 Sean 的事。」

「不是除了見面之外，其他都很順利嗎？」

「總感覺，自從說了想見面之後，關係就變得有些微妙，雖然不明顯，也天天都有聯絡，但通電話的次數少了，變成替代的簡訊，即使能夠說上話，也變得比較生疏，我不知道，好像從某一個點開始擴散出微妙的感覺……」

「對妳來說，他到底是什麼樣的存在？」

「什麼？」

「妳不是容易給出感情的類型，何況是一個連實體都相當模糊的男人，海音，妳真的想過，自己喜歡這個男人嗎？」

「我不知道究竟到什麼程度，因為沒有辦法面對面確認，但在我心底有一道聲音告訴自己，如果是這個人的話，也許能夠伸出手，對我來說這是這麼久以來第一次有這種念頭，所以，即使察覺了很多不合理的破綻，也還是想相信對方。」我扯了扯嘴角，「說不定就因為有很多破綻，才更想相信，如果在這種狀況下都能得到真正的愛，那麼，我就能夠再一次深深相信愛了。」

泰迪安靜的凝望我許久，最後他端起馬克杯，在就口之前緩慢的說：「我打過幾次電話給他，但一直沒接通，說不定是不接陌生號碼的類型。」

「是嘛……」

「總之，妳有判斷的能力，選擇權也在妳手上，要不要賭這一份還看不到支點的感情，只有妳能決定。當然，就我的立場，我是希望妳掌握更多之後再下決定。」他說，「每個人都想豪賭，因為堆在面前的獎金太誘人，但既然是賭，就有可能會輸。」

泰迪放下杯子，撥了撥頭髮，接著收起他嚴肅的表情，彷彿忽然放鬆一般將身體靠在沙發上。

「不過這種不明不白的感情確實很吸引人。」他緩緩拉開笑，「那妳對常常黏著妳的學生或是妳表哥的朋友都沒有想法嗎？」

「想法什麼的……」傅齊勳的臉不期然滑過我的意識，甩了甩頭我不自覺撇開眼，「雖然有幾個瞬間會被韓東延的真心動搖，但大概是他太過坦率的表露感情，一時間無法抵擋；至於傅齊勳，那就算了吧。」

「既然這樣，等我稿子趕完，替我誘拐那個冰山美男吧。」

「就說了他不是。」

「所謂的真愛可以跨越一切，如果他可以為了我而接受男人，應該也可以帶給著妳莫大的鼓勵吧。」

「反正你不要打人家主意啦。」

「唉啊，這是對人家沒有什麼想法的人的表現嗎？」泰迪愉快的調侃我，「乾脆，不要什麼 Sean 了，妳先把冰山納為己有，接著『好東西再跟好朋友分享』，這個方案挺好的。」

「不好。」

「反正先給我冰山的電話再說。」

「不給。絕對不給你。」

但該給的還是得給。

趁著沒課的下午做了檸檬戚風蛋糕，做給傅齊動的，雖然總是送甜點，但想來想去對我而言甜點是最有誠意並且不會太過度的謝禮，雖然一部分的原因是我還沒放棄讓他把我當女神崇拜的幻想。

提著蛋糕才剛走到樓下就看見在巷口來回走著的男人，低著頭彷彿得了躁鬱症的無尾熊反覆打轉，畫面有些好笑又有些讓人心疼。

「韓東延，你在這裡做什麼？」

他猛然抬起頭，短暫的詫異之後旋即揚起爽朗的燦笑。

「因為很想見老師，但到了妳家樓下卻發現沒有理由按下門鈴，雖然想念對我來說就是充分的理由，不過，還是要想一個不容易被拒絕的理由比較好，所以我正在努力的想。」

「那你繼續想吧。」

「老師要去哪？」

韓東延二話不說跟在我的身後，依照這種狀況絕對沒辦法將蛋糕送給傅齊勳，抬起頭瞄了他一眼，「野餐。」

於是我和韓東延就在附近的小學操場邊的升旗台階梯坐下，沒有餐具但我隨身帶了叉子和湯匙，我和他一個人拿叉子一個人拿湯匙，乾脆的破壞烤得相當漂亮的戚風蛋糕。

「怎麼辦，我突然有一種很幸福的感覺。」

「吃過我手做甜點的人，百分之九十九都會有這種感覺。」

「當然蛋糕很美味，但是能坐在老師身邊，這麼自然安靜的野餐，對我而言是更大的幸福。」

「我不想聽這個。」

「因為怕被攻陷嗎？」

「我擔心會讓我的食慾消失無蹤。」我將一口蛋糕送進嘴裡，「你今天不用工作嗎？」

「休假。」他愉快的說，「老師放心，我絕對不是曠職，本人我有安定的工作，不會讓妳對未來感到不安。」

「你可以停止推銷自己嗎？」

「在妳發現我的優點之前，可能沒辦法停止。」

「韓東延，我知道你有很多優點，但感情是一種直覺，就算對方有一百個缺點，在眨眼之間那一百個缺點也可能昇華成優點。」

「我知道，在愛情之前人都是盲目的，所以，用妳的雙眼看反而看不見對方。」忽然他伸手遮住我的雙眼，「暫時就維持這個樣子，不要看我，甚至不要想著我是韓東延，聽著我的聲音，感覺我手心的溫度，這才是更加真實的我。」

更加真實的。

這個人。

他的熱度滲透進我的雙眼，我的呼吸顯得有些紊亂，屏除掉我所建構出來的「韓東延」，他的存在忽然強烈得不容忽視。而這是我一直想忽視的現實。

我想伸手拿下他的手，然而在我動作之前，他早一步打破了凝滯，同時帶來了暴烈的氣旋。

韓東延的唇輕輕貼上我的，被遮住的雙眼什麼也看不見，我只能感受，被他強迫感受到他切實的氣味溫度以及存在。

驚醒一般我推開他，以為會迎上他戲謔的笑，映入眼簾的卻是他太過認真的神情。

「我，就在妳的面前，為什麼妳總是看不見呢？」

在那一瞬間，我確實看見了他。

摀著嘴有很長一段時間我發不出聲音，甚至移不開視線，他的雙眼彷若幽潭，像是藏匿了什麼，又像是吞噬了什麼。

接著他緩緩泛開笑，彷彿方才的一切從未發生，又自然的吃起蛋糕；然而我的呼吸我的心跳還無法恢復，只能旋開保特瓶瓶蓋，大口灌著水。

「很甜。」水喝到一半我差點被嗆到，瞪了韓東延一眼，他愉悅的扯開笑，「我是說蛋糕，跟老師說過我不喜歡甜食，但如果是妳做的，不管再甜我都會很幸福的吃著的。」

「閉嘴。」

「老師很熱嗎？」

「韓東延，閉上嘴乖乖吃蛋糕。」

「閉上嘴怎麼吃？」他爽朗的笑聲震動了周旁的空氣，「看來我還是有希望的。」

「不要下這種沒有根據的結論，你聽好，如果、如果下次你再……總之，記好你是學生而我是老師，安分規矩一點。」

「人越是意識到被侵入的可能，就越是會嚴格的劃下界線，試圖將這個和那個區隔開來的動作，大多時候都是為了抗拒。」韓東延移開了定格在我臉上的目光，彷彿是為了留給我喘息的餘地，他望著正在上體育課的學生，「天氣真好，吃完蛋糕之後跑個步消耗一點熱量吧。」

「你去吧。」

「認真的男人最有吸引力。」接著韓東延站起身，轉過頭給了我一個相當耀眼的笑容，「老師記得把眼睛鎖定在我身上喔。」

接著他就真的往操場跑去，日光披灑在他的身上，讓韓東延顯得閃閃發亮。

怔忪的望著奔跑著的這個男人，方才那一瞬間，他燦爛的笑容太過攝人心神，我下意識抬起右手，食指指腹滑過嘴唇，彷彿還留有他的溫度，融進日光一般的熱。

斂下眼我的視線落在食指指腹，無形的炙熱久久揮之不去，我長長的呼著氣，開始想著愛情，想著自己，想著這個男人以及那個男人。

一切都顯得太過模糊而朦朧。

而我，卻早已選擇等待那個最模糊的男人，等著他走來。

我們總以為「這樣做」會讓對方更幸福，卻也總是猜不透，對方真正想要的究竟是什麼。某些時候高估了自己，所以拚命挽留；有些時候低估了愛情，所以忍痛放手。因為沒能說出口，因為都在等對方先採取動作，在愛情之前，我們都太過小心翼翼，也太過無能為力。

然而 Sean 卻轉身離我而去。

整個下午我一動也不動的蜷縮在沙發中，思緒彷彿經歷了暴烈的氣旋，一片混亂，卻又近似一種荒蕪。

我拚命想著卻想不透，掙扎到了某種程度之後，就像忽然按下關閉的鈕，完全失去思考能力；接著緩慢的凝聚思考的力氣，卻又彷彿輪迴，無盡的反覆。

中午 Sean 打來了電話，在他從未踏入的時間點，帶著些許納悶我又確認了一次，確實是他，在接起電話之前我還開心的想著，也許，他終於決定跨越界線。

然而他跨越的並不是和我之間的界線，而是另一端我所看不見的邊界。

「Sean ?」我盡可能讓自己的語調顯得自然，避免透露出過多的期待，「剛剛還以為我看錯來電顯示。」

「現在方便說話嗎？」

「嗯，傍晚才有課，所以沒關係。」

「海音，我有些話想對妳說。」一股陰霾般的沉重感透過他的呼吸從另一端遞送而來，隱微的不安定感飄浮在空氣之中，「海音……」

「怎麼了嗎？」

隱約卻彷彿針一般的微小而尖銳的停頓逕直刺進我意識最深處，我的手緊抓著外套，等著問號之後的回應。

最後他終於劃破那近乎缺氧的空白。說。

「對不起。」

沒有鋪陳也沒有解釋，靜默而沉重的三個字就這麼被扔擲了過來，從那一端到這一端，從我始終無法抵達的那一端，過了很長一段時間擅長言語的他任何聲音都沒有，彷彿沉默便是他所有的回答。

然而正是如此的靜默，膨脹了他的回答。

那說不出口的，並不是無話可說，而是任何言語都無法正確說明的。歉疚。

一個男人的歉疚。

我閉上眼，佯裝自己什麼都不懂，然而拚命佯裝的動作如同諷刺，我沒辦法假裝另一端從來就什麼都沒有。

「我不明白。」

「海音，」他的聲音顯得有些低啞而乾澀，彷彿準備了許久，但準備了太久，哽在喉頭的字句反而無法流暢滑出，只能耗費力氣的擠出，「對不起。」

對不起。他又說了一次。

「這樣一味的道歉妳大概會覺得很莫名其妙，但這段時間我試圖找尋一個又一個能夠確切傳達我的感情的解釋，卻沒有辦法，我想，我和妳打從一開始就不是從合適的起點出發。」他的聲音彷彿細小的分子，確實的滲入肌膚每一個孔隙，連閃避都來不及，「唯獨有一點，無論如何我都希望妳能明白，我對妳的感情，從頭到尾都是真的。」

「我真的不明白……」

「海音，妳確實在我心底留下深深的痕跡，也就差那麼一點，我就能靠近有妳在的那裡，但是 Sean 這個存在不是該站在妳身旁的人，甚至是不應該存在的人。」

那麼我胸口所湧現的感情也不應該存在嗎？

「對不起，我不會冀望妳能原諒我，我不應該被原諒，但 Sean 這個人，在電話掛斷之後，就不再存在了。」他幽幽的嘆息浮動在半空中，可能只是自我安慰，然而這一刻的我確實感受到他泛開的疼痛，「那件一直留在妳身邊的襯衫，就請妳乾脆的扔掉，就當作把 Sean 這個人，乾脆的扔掉。」

他的話說完了，卻遲遲沒有掛斷電話，也許是他一貫的溫柔，等著我先行切斷連結，又也許他仍舊貪戀著另一端的紀海音。

我不知道，我只能聽著他的呼吸，安靜的站在原地。

直到我終於想起，對不起，他反覆說著的這三個字，我的淚水安靜的掉了下來，在他聽見我的哭泣之前，我切斷了另一端的他。

於是我的生活再也不會有 Sean 的存在。

時間感再度回到我體內時已經是晚上九點多，沒有開燈的房間裡透著屬於城市的光亮，也許我的身體還沒能接受 Sean 的消逝，仍然留著等待的節奏。

十點。

這幾個月來我默默等待的瞬間，然而等待卻在那一瞬間筆直墜落，聽不見落地的聲響，那是深不見底的幽谷。

但我還記得請千碧的大嫂替我代課。

起身的動作顯得有些艱難，維持太久的姿勢讓肌肉非常僵硬，我喝了兩大杯的水，在透著幽微光線的房間裡安靜的吞嚥著無味的液體；我哭了一陣子，但眼淚並沒有我以為的那麼多，胸口悶悶的，泛著隱約的疼，卻不到痛徹心腑的程度。

或許我始終在防備，一邊想給出感情而另一邊又控制著自己所給出的感情，我確實給了 Sean，另一隻手卻沒有完全放開。這時候想著會覺得我的膽怯確實保護了自己，然而我的愛情，我想重新開始的愛情，又回到了打轉的原點。

多了另一份疼痛的原點。

「大嫂說妳生病，好一點了嗎？」

「嗯，有點痛。」

「痛？」千碧擔心的察看我的身體，「哪裡痛？有去看醫生嗎？」

「心痛。」

「什麼？」

「我、好像失戀了。」

「失戀？」

「嗯，被 Sean 甩了。」幽幽的嘆了口氣，「不要追問，我知道的就那麼多，他一直都很模糊，就連甩掉我的理由也沒說清楚，唯一不需要解釋的就是他說了對不起還有要我把 Sean 這個人給丟掉。」

「沒有開始但結束得很明確，這傢伙也不算壞。」泰迪攪拌著拿鐵，一口氣倒進三包砂糖，「這樣挺好，在最曖昧的時候說再見，不會那麼痛，也不會傷得那麼重。」

「我現在不想聽這些。」

「想要安慰嗎？」

「不要。」我癱軟的趴在桌上，「從現在開始再也不要提起 Sean、提起關於戀愛的話題，我什麼都不想聽。」

「壓在心底會鬱結。」

「妳就不要管她了。」泰迪的體貼總是顯得很無情，「這也是一種體驗。」

雖然能感覺到千碧三不五時投射來的關切眼神，但他們兩個人很貼心的讓我待在一旁，沒有特別的舉動，就像平常一樣說著無關緊要的話，對我而言這才是最溫暖的支撐。

感到痛苦的人，真正難以忍受的並不是那份痛感，而是體內那股彷彿隨時都要膨脹爆裂的感情持續壓迫著自己，所以試圖找尋支撐點，這樣的人抓住了另一個人的手，只是想讓自己稍微安穩的站著；但被抓著的另一個人，透過那抓握感受到了劇烈的感情，這樣的衝擊讓人拚命想做些什麼，覺得自己應該做些什麼，於是開始丟擲出自身的感情，無論是安慰、擔憂或者逃避，已經承受不了自身壓迫的人，又迎面撞上另一股難以負荷的重量，於是越來越疼痛難耐。

儘管相當的感激，卻也相當難受。

大多時候，人需要的也不過是一種知道對方就在身邊的安心，所以千碧和泰迪沒有特別理會我，卻切切實實的陪伴著我。

緩慢的爬起身，悶窒的感情讓呼吸相當不順暢，我不是會瘋狂奔跑的類型，也不是會大量攝取酒精的類型，但我會做甜點。

剛好，想給傅齊動的檸檬戚風蛋糕還沒送出去，而且在自己胸口被感情壓迫的時候就需要一個特別沒有感情的人。

「我要回去了。」

「這麼早？」

「嗯，回去做蛋糕。」拿起背包我輕輕扯了嘴角，「不用太擔心，我只是覺得很鬱悶，所以想辦法代謝掉就好。」

「雖然我沒有擔心妳，但多做點蛋糕是好的，特別是妳有好一陣子沒有拿布朗尼來了。」

「知道了，巧克力加倍的泰迪版布朗尼。」

泰迪給了我一個淺淺的笑，揚了揚手我轉身走出咖啡店，想著，疼痛是一種證明，至少，這份疼痛是真的。

提著紙袋我在巷口來回踱步，思忖著適當的理由，我應該先打電話但短時間內我不想碰觸我的手機，索性關機之後扔在家裡，只是毫無預警就按下門鈴，根本就是種打擾。

突然我止住步伐，我現在徹底明白韓東延的心情了，沒有被拒絕的打算所以拚命想著完美的理由，但只要是理由，就有被拒絕的空隙。

我不想當精神耗弱的無尾熊，因此我深深吸一口氣乾脆的往傅齊動的住處走去，我只是來送蛋糕的，何況，他這種孤僻的性格不大可能有訪客。

差一點我就要按下門鈴，但伍秋陽的臉閃過我的思緒，應該不會，他現在應該正纏著剛回台灣的夏雨表姊，手懸在半空中很長一陣子之後終於我按下門鈴。

然後等待。

沒有多久門就被拉開，一如既往掛著冷淡表情的傅齊動稍稍皺起眉，我努力扯開微笑，遞出裝著蛋糕的紙袋。

「謝禮。」停頓了幾秒鐘之後他接過提袋，「應該先打電話的，但是——」

「齊勳？」

我的聲音被另一道聲音截斷，傅齊勳的身後走來一個女人，美麗的女人，短暫的詫異之後她揚起富有魅力的笑容，傅齊勳的視線停留在她唇角的弧度，而我則來回看著眼前的他和她。

「朋友嗎？進來坐吧。」

——進來坐？

「啊、我差不多該回家了……」

「沒關係的。」

她似乎忘記我和她基本上是根本沒見過面的陌生人，越過傅齊勳她熱絡的拉著我的手往裡走，傅齊勳沒有阻止她，從頭到尾他一句話都沒有說。女人招呼我坐下之後，流暢的轉身走往廚房，像個女主人一般準備著飲料，我抬起眼瞄著臉色不那麼好的傅齊勳，他正收回望向那女人的視線。

「打擾到你們了嗎？」

「沒有。」

「可是你看起來心情不是很好。」

他不理我。尷尬的沉默緩慢的擴散開來，我聽見瓦斯爐被轉開的聲音，傅齊勳的臉部肌肉繃得死緊，也許我不該探究，但我還是開口了。

「她……是誰啊？」

「前女友。」

意外的傅齊勳沒有想掩蓋的意思，但乍聽到這個答案的我卻愣在原地，前女友，好不容易我的思緒又開始轉動，「你們，打算復合了嗎？」

「沒有。」

「那……」

「她有男朋友了。」

「什麼？」

我的腦筋又在中途打了個結，有了男朋友的前女友不僅自在的待在傅齊勳家，行為舉止還像個女主人，無論怎麼想都不是很正常，頓了一下我忽然想起伍秋陽的話，大概這就是他意味的「不正常狀況」。

忽然我也不知道該說些什麼，一個還沒開始戀愛就被甩掉的女人，和另一個放任已經有交往關係的前女友在家中走動的男人，好像應該哀傷，卻由於太過荒謬我忍不住笑了出來。

「覺得好笑嗎？」

「嗯，但不是現在的狀況，而是你和我。」我瞄了一眼廚房的方向，她短時間內似乎不會靠近，「其實我啊，被甩了，不僅荒謬的想把愛情交給一個幾乎掌握不到的對象，還被這個對象乾脆的甩了，剛剛還感到很難過，但處在這個『不是很正常』的氛圍下，反而可以輕鬆看待這件事了。」

在傅齊勳說話之前她就端著茶具走了過來，想告訴她紙袋裡裝的是蛋糕卻始終沒有開口，拿起茶杯安靜啜飲，隔著三個掌心那麼遠她坐在我的右邊，和傅齊勳截然不同，她開始流暢的說著話，卻迴避了我和傅齊勳的關係，無論是什麼，她都沒有探問。

又或者，無論是什麼，對她而言都不那麼重要。

「我該走了。」

茶才喝到一半她就這麼說，以不容挽留的姿態站起身，事實上挽留這個動作並沒有存在的空間，傅齊勳站起身但沒有送她的意思，也許是因為我，又也許一開始就是這樣子。

在門闔起之後，我和傅齊勳單獨待在這裡，空氣中混著女人香甜的氣味，更加突顯了「單獨」的狀態；儘管偶爾會在意，卻連一個瞬間也沒有如現在這般強烈感受到。

他和我。是一個男人和一個女人。

「我、我差不多該——」

「陪我喝酒吧。」

「什麼？」詫異的望向傅齊勳，確認了幾次那不是錯覺，而是從來沒有提過要求的傅齊勳，「你是說喝酒嗎？」

「明天是星期六，應該沒關係吧？」

「嗯……」

傅齊勳乾脆的收拾桌上的茶具，接著我聽見刷洗的聲音，水似乎被旋了太大了一點，然而聽著那樣的聲音，我忽然明白，傅齊勳急欲刷洗的並不是茶具，而是那個女人的存在。

傅齊勳的櫃子裡放了各式各樣的酒，他隨便抓了兩瓶，恰好是烈性的伏特加和琴酒，我就這樣看著伏特加旁邊的貝禮詩甜酒再度被關進櫃子裡，我不擅長喝酒，非常不擅長，至少值得慶幸的是傅齊勳拿了冰塊出來。

「你家、很多酒……」

「秋陽攞的，他的客戶好像很喜歡送他酒，但他不喝，又不想讓夏雨喝。」

夏雨表姊喝了酒之後確實有點可怕。

傅齊勳默默的啜飲著玻璃杯裡的液體，沒有借酒澆愁的感覺，大概只是想依靠酒精舒緩自己緊繃的神經，我沾了唇，他絲毫不在意，反正傅齊勳本來就不在意我。

「傅齊勳，我說過我已經把你當朋友，所以如果你有想說的話我都會安靜的聽，反正能夠利用的就利用，」他瞄了我一眼，我低下頭喝了一大口辛辣的液體，「這樣，我利用你的時候也會理直氣壯一點。」

傅齊勳當然不會因為我幾句話就掏心掏肺，他安靜的啜飲著伏特加，我沒有繼續說話，甚至沒有繼續拿起玻璃杯，就只是靠在沙發上，舒服的待著。

現在的我非常需要另一個人安靜的支撐，可能傅齊勳也是，所以沒必要說話，也沒有必要安慰。

然而他卻打破了沉默。

「她是個很堅強的女人，也把自己照顧得很好，所以覺得很放心，大概這只是一種藉口，讓自己不必花費太多的心思，相反的她越來越沒辦法依賴我，因為我沒有給她依賴的餘地。」傅齊動閉上眼，眉心不自覺微微皺起，像是在回憶非常遙遠的故事一樣，「等到察覺的時候，才意識到，我和她原來已經距離得太過遙遠，所以當她對我說，她決定選擇另一個男人的時候，我連挽留都做不到，因為自己在還沒察覺到的時候就已經喪失了資格，我不應該阻止她得到幸福。無論如何她走了，沒有哭鬧甚至好好的說了再見，但就是因為這樣，我才覺得自己虧欠她太多。」

凝望著緩緩說著話的傅齊動，酒精在我體內逐漸發揮作用，我的頭有點暈，胸口也有點悶窒。

像是，不劇烈卻足以讓人暈眩的晃動。

「她是個不要就會乾淨捨棄的女人，望著她的背影的時候，我以為那會是我最後見到關於她的畫面，意識到這一點之後，就像宣告『就算想彌補也不可能』一樣，但人不會因為知道不可能就俐落的揮開，反而會不斷想著逝去的可能；為了轉移我的念頭，秋陽才會逼著我和妳見面。」他淺淺的笑了，「一開始還以為妳很正常，所以覺得只要把話說清楚妳就會清楚界線所在，但妳畢竟是秋陽的表妹。」

「聽不出來你這是褒還是貶……」

「但是她回來了，不是一般理解上的那種回來，她很明確的對我說，在她能夠完全將我割捨之前，我不能是先放下的那一個；看著她倔強卻刻意掩飾的表情，我才明白，或許當初她始終等著我的挽留，但我卻什麼努力也沒有替她做。」

然而過了那一瞬間，我們就什麼努力也沒辦法做了。

我們總以為「這樣做」會讓對方更幸福，卻也總是猜不透，對方真正想要的究竟是什麼。某些時候高估了自己，所以拚命挽留；有些時候低估了愛情，所以忍痛放手。因為沒能說出口，因為都在等對方先採取動作，在愛情之前，我們都太過小心翼翼，也太過無能為力。

「覺得我是壞男人，還是她是壞女人嗎？」

我搖了搖頭。

「你們都只是痛苦又可憐的人而已。」傅齊勳的目光緊緊瞅著我，望著他幾秒之後我垂下了眼，「每個人的愛情都有不同的苦衷，在我的愛情裡，我是個笨女人，而他是膽小鬼，我不知道你的愛情是什麼模樣，但我聽見的、感受到的，就只有兩個痛苦的人正拚命掙扎。因為想讓對方得到幸福，卻又不願意承受『能給對方幸福的並不是自己』的現實，可能決定逃跑，也可能死命撐著，但追根究柢，無論是誰的痛苦，都只是因為愛。沒有辦法完美的愛。」

「是嘛。」

「不知道。」我輕輕笑了，「我看起來像懂愛情的人嗎？」

傅齊勳也笑了。

然而這一瞬間他的笑容卻讓我的心臟感到微妙的疼痛，緩慢的站起身，往傅齊勳在的地方走去，停在他面前我還來不及分辨自身的意念我就已經傾下身子，伸出手，輕輕的擁抱住他。

接著我才意識到自己正擁抱著傅齊勳的事實。

「傅齊勳，我喝醉了。」

「嗯。」

「你喝得比我多，應該也醉了吧。」

他沒有回答，卻伸出手環抱住我，微微的施力，卻還留著無法說明的縫隙，空氣中混著酒精和他的氣味，喝了酒之後的身體變得非常的熱，我緩緩嘆了口氣，什麼也不去想。

15

即使全世界都說甲是最好的，但能夠牽著手長久走下去的並不是最好的那一個，而是最適合的那一個，最需要的那一個也不一定是最好的，而是最能嵌合自身感情的那一個。

韓東延無尾熊又在街口徘徊了。

但我能切身體會他的焦躁，所以還是往他的方向走去了。

「你能找點別的事做嗎？不要老是在這邊打轉。」

「聽說老師生病了，我很擔心。」

「我很好。」

「但是妳的臉有點憔悴。」

「因為熬夜看影集的關係。」我瞪了一眼越靠越近的韓東延，「離我遠一點。」

「我想親眼確認妳很好。」

「你看到了。」

「看到妳之後才發現，原來有很多時候即使面對面也沒辦法確認，但就算是這樣也還是想見妳。」韓東延的話語之後彷彿藏匿著某些什麼，我無從分辨的什麼，「我只是想讓妳知道，無論如何妳的身邊都會有我。」

他太過真摯的神情讓我感到些許恍惚，差一點就墜入他幽深的凝望之中，撇開眼斂起暈開的心神；自身不穩定的同時，感情也容易被動搖，然而一旦真正動搖，或許有一天會開始懷疑，那究竟是不是一種填補。

儘管愛情讓人變得卑微，我卻不想濫用這本該不屬於我的權力。

「你快點回家，我也要回家。」

「我不能跟老師回家嗎？」

「不要問明知道答案的問題。」

但最後我居然讓韓東延坐在我的沙發上，雖然迫於無奈但我還是泡了茶，有著濃郁香味卻不帶甜味的香橙茶，他愉快的盯著我一舉一動，臉上露骨的寫著「我們家海音真賢慧」，但我不是他家的。

他不喜歡甜食我就切了本來要熬果醬的蘋果，他還是一臉幸福，沒辦法阻止我只能假裝沒看見。

「一踏進這裡我就感到有點安心。」

「安心什麼？」

「老師果然沒有男人。」

「在諷刺我嗎？」

「當然不是。」他爽朗的笑著，「是讓人充滿希望的結論。」

「不管我有沒有男人，你都沒有希望。」

「那、老師喜歡的人呢？」

「不關你的事。」

「怎麼會不關我的——」

韓東延的話語忽然停在半空中，順著他的視線我看見摺好被安放在桌邊的襯衫，那是早上拿出來準備扔掉的，卻太過猶豫錯過了回收車；然而我也沒有更多的精神處理，就任憑它靜靜的躺在角落。

他的停頓讓襯衫的存在太過強烈。

「蘋果會黑掉，快點吃。」

他沒有追問，安分的咀嚼著蘋果，一看就能明白那是件男性襯衫，韓東延若有所思的悵然神情微微拉扯著我的神經，在他空了的杯子重新注入熱茶。

這種時候我總是找不到適當的話語。

又或者某些時候適當的話語並不存在，大多數的人會拚命的找尋聲音，但那不是我擅長的事。

「老師一個人住不會寂寞嗎？」

「不會。」

「寂寞的話隨時都可以找我。」

「不需要。」

「老師到底在抗拒什麼呢？」他的口吻帶著和他神情相悖的認真，「是我，是愛情，還是我的愛情？」

「我沒有抗拒，韓東延，雖然這樣很傷人，但卻是最不殘忍的方式，打從一開始我就說得很清楚了，無論是你、是愛情，又或者是你帶來的愛情，都非常的耀眼。我並不是無動於衷，但那動搖並不能搖晃出我的愛情，大多時候，人是沒辦法選擇的。」

「我知道。」他相當乾脆的說著，「所以才會拚命掙扎。海音，在還能前進的時候我就會拚命的往前走，即使只是零點零一，但對我而言，那就是絕對的可能性。我絕對不想放棄的可能性。」

忽然他跨前一步，以絕對卻溫柔的方式將我攬進懷中，在我抗拒之前，我先聽見了他的聲音。

「縱使大多數人看見的是百分之九十九點九的失敗機率，還是有少數人會注視著零點零一的成功，但是我說過，對我而言愛情沒有輸贏，當然也沒有成功或者失敗。」他置放在我背後的掌心微微施力，「我能看見的只有妳，所以我拚命尋找的，不是或然率，而是能夠離妳稍微近一點的途徑。」

韓東延總是堅定得讓人難以忽視。

闔上門的瞬間殘留的是他始終掛在臉龐的微笑，烙進深層的意識之中，他鮮明的性格和感情彷彿鮮豔的油畫，卻也太過濃烈而厚重。

然而愛情究竟是什麼呢？

是人站在愛情之前，又或者是愛情擺在人的面前，我不知道，很多時候我以為自己能夠選擇，卻面臨沒有選擇權的現實，但放棄選擇權的時候，卻又會突然發現那是自己可以決定的岔路。

耗費了大量的人生在猶豫、在進行選擇，或是錯過選擇、放棄選擇，偶爾在移動的瞬間就已經明白結果，又偶爾必須走上漫長的一段路途才能看清前方；然而更多時候的我們，即使走了那麼遠那麼長，也還是什麼都不明白。

——明明就看見妳在那裡，卻始終沒辦法到達的我真的非常的焦急，所以這條路、那條路，只要看見能走的路就會設法繞進去，就算一次又一次撞上死路也沒關係，只要重來一次就好，只要妳還在那裡，我就會想盡辦法抵達那裡。

費了一點力氣才將玻璃門推開，濃郁的咖啡香氣撲鼻而來，連鎖咖啡店的生意總是好得不分平假日，幾個學生戴著耳機專心讀著書，旁邊坐著一對各自玩著手機的情侶，視線剛轉到窗邊夏雨表姊就朝我揮了揮手。

「不好意思，這麼突然就約妳出來。」

「沒關係，我也不忙。」

表姊將點好的拿鐵推到我面前，看著她略顯不安的姿態，微妙的氣味穿過咖啡香氣透了過來，表姊不是太在乎細節的類型，時常興起就打電話約我出門，有空就答應沒空就拒絕，對她而言相當自然而無須勉強，當然也就沒有「不好意思」的存在。

「發生什麼事了嗎？」

「也不算什麼特別重要的事啦……」表姊有點不自在的灌了一大口冰咖啡，「在那之前，妳跟傅齊勳到什麼程度了？」

又是傅齊勳？

「伍秋陽跑去找妳說什麼嗎？」

「不是伍秋陽，」表姊愣了一下，神情顯得有點煩躁，「伍秋陽也在裡頭攪和嗎？」

「他那天突然跑到我家，就為了告訴我傅齊勳現在處於『不正常狀況』，還說了一些莫名其妙的話。」我仔細觀察著表姊的表情變化，「妳也是來說這個的嗎？」

「不算是，但妳知道這個前提事情就比較好解釋了。」夏雨表姊很少這麼拐彎抹角，我坐下不到十分鐘，她就快把咖啡喝完了。「總之，妳跟傅齊勳到底是什麼狀況？」

「沒什麼特別的，表姊跟伍秋陽都想太多了，狀況就是我覺得傅齊勳是我的朋友，但不知道他有沒有當朋友就是。」

「就這樣？」

「就這麼多了。」有點好笑的我反問，「不然大家是在期待什麼嗎？」

「那她為什麼想見妳……」

「誰？」

「傅齊勳的前女友。」

「我們已經見過了啊。」

「見過了？」表姊的聲音忽然拉高了好幾度，「什麼時候？」

「不久前……」我算了一下時間，「大概一個星期還是兩個星期前吧。」

「然後呢？」

「沒有然後。」

夏雨表情納悶的皺起眉心，吞嚥下最後一口褐色液體，彷彿正在思索些什麼，但她一向不喜歡太複雜麻煩的事。特別是人性或者感情之類想破頭也猜不透的東西。

她也不喜歡迂迴。

「呼。」她用力的吐了口氣，撥了撥半長不短的瀏海，「妍庭，她的名字，是我的大學同學，她會認識傅齊勳也是因為我，會甩了傅齊勳還是因為我……唉啊，從頭開始說好了，傅齊勳是我在事務所打工時的前輩，妍庭偶爾會來等我下班，大概是那時候看上傅齊勳，她是很直接積極的人，所以她主動追求傅齊勳，大概半年之後他們才開始交往。她不太提自己私事，就算是親密的朋友也一樣，傅齊勳也是同類型，我想可能兩個人相似到了某一種程度反而是種阻礙，等到她對我說的時候，她已經甩了傅齊勳，對象還是我介紹到她工作的飯店住宿的後輩。」

夏雨表姊的水杯空了，我把我的推到她面前，她乾脆的喝光。

「本來以為他們分手得很平和，畢竟他們也不是會撕破臉的性格，之後我分別見過兩個人，提起對方也沒有特別劇烈的反應，但她說想見妳的時候，輕描淡寫透露了她的感情，之後又追問伍秋陽，我才知道狀況好像有點詭異。」

「嗯……」

「海音，妳可以拒絕，或者該說我比較希望妳拒絕，轉達她的意思是因為我有點過意不去，而且她說不定會透過其他方式聯繫到妳，想讓妳先做點預備；既然妳跟傅齊動不是曖昧的關係，也沒必要攪和進去。」

「但是，聽妳的形容，她還是會設法見到我，再怎麼說，我的甜點教室在網路上就能查到了。」我斂下眼啜飲涼掉的拿鐵，「再說，我帶給傅齊動很多麻煩，所以替他分擔一點也很合理。」

「既然妳這麼說，我就替妳回覆她，但是地點必須在千碧那邊，這點我很堅持。」

「妳擔心妳朋友做出什麼事嗎？」

「雖然覺得不會，但跟感情扯上關係的人，無論是男人或者女人，都難以預料。」

我沒有告訴傅齊動，直覺認為還是不要讓他知道比較好，畢竟某種程度上是 women's talk，儘管我不知道我和她究竟能談些什麼。

總之勢必和傅齊動有關。

這時候或許就該慶幸，每段感情都會讓自己有所成長，和前男友交往的期間，出現過各式各樣的女人，因此對於「某個女人為了某個男人出現在我面前」這種狀況，我也稍微能算上擅長的程度。

更何況我跟傅齊動沒有任何曖昧，但她是「前女友」，立場也相當微妙。

這幾天思索這件事成為我打發時間的消遣，儘管不能避免浮現屬於傅齊動的畫面，然而多少轉移了我對 Sean 的掛念。

Sean 的襯衫還放在那裡。

好幾次都鼓起勇氣，卻在觸碰到邊緣的瞬間回憶起他溫暖的嗓音，無論他轉身離開的理由是什麼，但他確實到過我心裡，並且，如同泰迪所說的，至少他在真正傷害我之前就抽身離開，那麼他所留下的，仍舊是讓人想念的溫度。

幽幽的嘆了口氣，讓淡淡的惆悵混進檸檬的香甜，我想不會有人在意，教室裡瀰漫著更強烈的幸福感。總是留著齊瀏海的女學生趁著空檔宣佈了婚訊，用著非常甜滋滋的表情。

「東延哥今天沒來，可以請老師幫我聯絡他嗎？」她的臉上洋溢著甜蜜的笑容，「我特地替這裡的同學留了一桌喔。」

「還是妳親自告訴他比較好吧。」

「只有老師有東延哥的電話號碼啊。」

其實我沒有。

然而身為老師的我實在說不出口，扯開有點為難的微笑，設法婉拒時忽然想起韓東延曾經給過我名片，不知道被我塞到哪裡的名片。

應該、還找得到……

「我知道了。」

「我特別安排老師和東延哥坐在隔壁，聽說一起參加婚禮會讓男女的感情升溫，雖然我和男朋友很早就有結婚的打算，但他是陪我參加完同學婚禮之後才下定決心，隔沒幾天就求婚了。」她拉住我的手，「雖然一個人可以過得很好，但有一個人可以依靠，是完全不一樣的幸福，老師就稍微考慮一下東延哥吧。」

「看來他關係打得不錯呢。」

「男人的性格最重要了。」她望向了隔壁阿姨輩的學生，「阿姨說她看人很準，東延哥 OK 的。」

我只能保持微笑。

即使全世界都說甲是最好的，但能夠牽著手長久走下去的並不是最好的那一個，而是最適合的那一個；最需要的那一個也不一定是最好的，而是最能嵌合自身感情的那一個。

「雖然我不知道該不該跟老師說，但身為旁觀者實在有點忍不住……」

「什麼？」

「老師也知道我們就喜歡八卦，但怎麼問東延哥就只是笑著轉移話題，不過只要提起老師，他的笑就特別溫柔，就好像不是對我們笑而是對著老師，但這幾次，雖然可能是我的錯覺，總感覺東延哥的笑有點酸酸的。」

斂下眼我不自覺咬著唇，我當然明白他笑容中藏匿的酸澀是我的拒絕，但我始終告訴自己他夠堅強能夠消化這一切；然而卻連他人，對韓東延甚至不那麼熟悉的人，都能輕易看穿他的酸澀。

也許我高估了韓東延，又也許低估了他懷抱的愛情。

「我是不是說錯話了？」

「沒有。」我輕輕扯開笑容，「但如果妳的雙手繼續停在原處，就來不及完成了。」

於是她開始手忙腳亂的跟上其他同學的進度，繞過她身旁我走過屬於韓東延的空位，然而即使他不在這裡，卻依然瀰漫著他的存在。

每個人都彷彿連一秒鐘都害怕我忘記他，反覆的提起。

然而某些時候，人心就是這樣慢慢被滲透，於是越來越在意，甚至不由自主的望向那空著的位置。

我又嘆了一口氣。

以為自己的生活逐漸明朗，卻逐漸被我不在意的某些什麼纏繞，真是，果然人不能輕易鬆懈，也不能驟下判斷，因為人根本沒什麼判斷力。

16

停下腳步我和他站在我住處樓下，迎上他的視線之後他緩緩斂下眼，風不知道什麼時候停了，夜晚的巷弄安靜得過了頭。

安靜的，只剩下呼吸的聲音。

踏進咖啡店的時候她已經坐在位置上了。

千碧對我使了眼色，但我無法以眼神進行簡單的說明，只能給她一個「晚一點再說」的表情。

「抱歉，等很久了嗎？」

「我習慣早到。」

「嗯……」

女人的存在感相當強烈，儘管留著浪漫的長捲髮，卻散發著幹練的氣質，她臉上的妝非常精緻，彷彿花了長時間才完成，卻分外輕透。

她禮貌的揚起嘴角，和那天在傅齊勳家裡遇見的她不同，沒有刻意顯露屬於女人的味道，也少了一種宣示的壓迫。

也許，在她的眼裡，那天的我是毫無預警就闖入的侵略者，所以下意識的防備著我。

「這麼突兀的約妳出來，真的很不好意思。」
「沒關係。」
「夏雨告訴過妳了吧，我是齊勳的前女友。」她連自我介紹都清楚的劃出界線，「趙妍庭，我的名字。」
「我是紀海音，算是傅齊勳的、朋友。」
「雖然我跟齊勳已經分手了，而且是劈腿之後選了另一個男人的壞女人，沒有資格也沒有立場說要求見妳，但既然是壞女人，也就不會在意資格或是立場之類的東西了。」
「為什麼要見我？」
她沒有立刻回答我，相反的像是為了擴大我的問號，緩慢的端起冒著熱氣的蜜桃茶，淡淡的甜香隨著半透明的煙霧瀰漫開來，她的視線直截了當的落在我臉上，我也就這麼望著她。
店裡繞著的是輕快的流行歌曲，沒有聽過的印象，然而跳躍的音符反而突顯了我和她之間空氣流動的不順暢，最後她放下杯子，碰觸桌面時用小指緩衝了撞擊。
然而她投擲而出的話語卻太過暴烈。
「我很愛齊勳。」她說，用著雲淡風輕卻相當堅定的口吻，「以前是，現在也是。」
忽然她笑了。
「就算是這樣，死命拉著也不會有愉快的結果，愛情比什麼都還要現實，沒辦法走下去的兩個人，無論多麼相愛或者多麼努力都沒有用，只是拉得越緊傷得越深罷了。」

她深深吸了一口氣，完美的武裝稍微鬆動了一點，「但是感覺到痛的人，想到的第一件事不是治療，而是想讓對方也跟自己一樣痛。」

彷彿突然想起來一樣，她終於記得問我最基本的問題：「紀小姐，妳跟齊勳，是什麼關係呢？」

「朋友，應該算是。」

「是嗎？」她似乎不很在意我的回答，「齊勳這時候是需要像妳這樣的朋友，這樣會更掙扎，更痛一點。」

我不明白她的話義。但她更像是喃喃自語。

「很抱歉，妳就只是齊勳的朋友而已，我卻無禮的說要見妳，還對妳說了這些話。」她輕輕吁了氣，「但齊勳沒什麼親近的朋友，特別是異性，所以就不由自主將妳當作投射的對象。人性真的是卑微又自作賤，明明知道讓對方痛自己也會連帶感到痛，卻還是想傷害他，就好像，無法擁有愛，所以至少希望劃下一些傷痕，當作一種證明。」

證明兩個人曾經愛過。

她的眉宇間透露著隱約的憔悴，我想起夏雨表姊說過她和傅齊勳很像，總是把感情悶在心底，試著不依靠別人自己一肩扛起；然而這個世界的重量太沉，獨自撐著只會一點一點被壓垮。

儘管依靠另一個人並不那麼難，但示弱也不那麼簡單，特別是一個習慣堅強的人。

「雖然幫不上什麼忙，但想說的話我會安靜的聽，走出咖啡店之後也會乾脆的忘掉，不是同情也沒有想要回報，甚至不是因為我是傅齊勳的朋友，單純只是因為我也是一個女人。」

她詫異的凝望著我，我不知道那之間的空白隔了多久，然而對我而言卻彷彿靜止。終於她的雙肩稍微垂下，唇邊泛開的笑有些酸澀，纖長的手指有意無意的摸著瓷杯杯緣。

「這樣我更像十足的壞女人了。」她抬起眼，用著相當遙遠的口吻，「提出分手的時候我對齊勳說，雖然很喜歡他，但大概就是因為太喜歡他了，所以覺得彼此的關係相當的不平衡，雖然這樣像個壞女人，不過對現在的我而言，當一個愛得比較深的人實在太累了，所以我寧可選擇一個愛我比較深的男人。其實我並沒有特別的後悔，只是不甘心，拚命想著的不是他不夠愛我，而是自己說不定給的不夠多；但待在比較愛我的男人身邊，我才明白，有些時候想給、卻拿不出來。」

她說。

「我只是希望，在遙遠的某一天，當他想起我的時候，胸口會閃過一瞬間的痛。」

儘管是痛。

也還是希望你能想起。

即使我是女人我也還是不懂女人。

才感覺稍微理解這個女人一點，眼前的事實卻像是為了推翻我的認知而存在，她帶著無懈可擊的美麗笑容，彷彿我們相當熟稔，又彷彿我們絕對不可能親近。

傅齊勳喜歡的女人絕對不是普通的類型。

「我『又』打擾到你們了嗎？」

傅齊勳瞪了我一眼，我皺了皺鼻子，虧我在做泰迪版布朗尼的時候替他多做了一份，想讓他多攝取一些熱量來應付艱難的現實，他居然瞪我。

還在瞪。

和趙妍庭見過面之後，她所說的話語始終在我腦海揮之不去，也許是太過灼燙，又也許想起自己從前的孤獨，儘管旁人無法剪開她和他之間的結，但還是想給傅齊勳多一點力量。畢竟他給了我太多的支撐。

但我一點也沒有攪和進來的意思。

「我不能太晚回去……」

「喝杯茶不會花多少時間。」

「我……」

她沒有理會我的意思，逕自轉身往廚房走去，果然她和傅齊勳是相同類型的人。總是乾脆的不理人的那種。

「你確定她的精神狀態沒問題嗎？」

傅齊勳又瞪我。

當然沒辦法說明我和她見過面的事，但傅齊勳若有所思的視線落在不遠處她的背影：「妳和她發生什麼事了嗎？」

「什、什麼？」我差點被口水嗆到，這男人總是在不該敏銳的時候特別敏銳，「哪有什麼事，我才第二次見到她耶。」

「妳說謊的樣子就像在告訴全世界，答案絕對不是那樣。」

「女人的事男人不要問。」

「不管是什麼，總之謝謝妳。」

「為什麼要謝我？」

「她好像輕鬆了一點，在妳來之前她把我住處的鑰匙還給我，那是她帶走的唯一一樣東西，雖然什麼也沒說。」

「大概是一個步驟一個步驟來吧。」我瞄了一眼廚房，「真正愛過的人不管多麼灑脫，都不可能一次就把埋在身體裡的根給拔除，所以，多給她一點時間吧。」

「現在又突然很懂愛情了？」

「你一定要這麼討人厭嗎？」

傅齊勳乾脆的不理我。

真是煩躁，這個男人和走過來的那個女人都是，乾脆讓這兩個人相互折磨到老好了。

她把熱茶放在我面前，旁邊擺的是布朗尼，在我一邊喝茶一邊怨懟這對前情侶時，她說了好幾次蛋糕好吃，看起來很真心的樣子，於是我的心情忽然好了起來，又開始覺得女人應該站在女人那邊。
甜點果然是我的軟肋。
誰叫傅齊勳一直不把我當女神。
「我下次會多做一點讓妳跟傅齊勳一起吃。」
我無視某人朝我投射冰冷的目光，愉快的喝著茶，抬起眼時不期然對上她的視線，但她很自然的轉開。也許不是在看我。
「不是說不能太晚回家嗎？」她刻意的看了一眼掛鐘，「餐具我收拾就好，齊勳你送海音回去吧。」
這女人又在想什麼？
我不明白，大概也不可能明白，唯一明白的是她是那種會積極達到目的的類型，因此我和傅齊勳就被柔性的趕出門外。
邊踢著柏油路上的小碎石，風輕輕涼涼的，傅齊勳相當安靜的走著，刻意放緩腳步配合我的速度。這個男人的體貼總是如此細微，一不小心就被視為理所當然，但他並不會說明也從不辯解，唯有等到失去這份溫柔之後才終於瞭解，其實他做了那麼多。
在感情裡傅齊勳大概會是最吃虧的類型。
卻也是讓人最難以割捨的類型。
「傅齊勳，」我沒有望向他，「你很愛趙妍庭嗎？」
我以為他不會回答我，但傅齊勳總是出人意料。

「嗯。」

他乾脆的應了聲，我的心在他的聲音中猛然揪緊，微微皺起眉，試圖理解那一瞬間，卻找尋不到任何線索。

「現在還是嗎？」

這次傅齊勳沒有回答我，安靜的走著路，抬起頭我凝望著他線條分明的側臉，猜不透他的心思。

停下腳步我和他站在我住處樓下，迎上他的視線之後他緩緩斂下眼，風不知道什麼時候停了，夜晚的巷弄安靜得過了頭。

安靜的，只剩下呼吸的聲音。

傅齊勳的，我的。

「早點休息吧。」

「傅齊勳──」有些什麼卡在喉頭亟欲被擠出，然而我卻分辨不出那究竟是什麼，「路上小心。」

「嗯。」

接著他緩慢的轉身，一步一步往另一端走去，儘管不那麼遙遠，卻終究是另一端。

學生的喜帖在我的桌上呈現有些刺眼的紅，雖然很替她開心，但一想到要和韓東延肩並肩待在那種場合幾個小時，對面還坐著一群急欲撮合我和他的學生，心情就急遽墜落。

隨著年紀的增長，對婚禮的排拒程度也跟著上升。

但已經答應學生也沒有辦法，輕輕的嘆息從我嘴邊逸出，我開始告訴自己，說不定韓東延沒空。

想到這個可能我就稍微輕鬆一點，站起身終於下定決心翻找出不知道塞到哪去的名片。

總之我把每個背包裡的物品都倒出來，意外的發現原來自己收了不少名片，還有學生送的糖果，一張一張對著姓名，終於看見韓東延三個字躺在上頭。

伸手拿了抗拒了一段時日的手機，深深吸了口氣，對照著名片上的數字輸入號碼，才按到一半我的呼吸開始顯得有些困難，拿著名片的手正微微發顫，這太過荒謬，我反覆告訴自己只是巧合，卻死命盯著眼前愈發吻合的相似，直到輸入最後一個號碼。

韓東延的號碼。

我不應該有的號碼。

手機螢幕卻浮現早已輸入的人名。太過熟悉又太過陌生的。

Sean。

我癱坐在沙發上，全身的力氣彷彿忽然被抽離，右手拿著手機，左手還抓著韓東延的名片，我的視線落在前方的某一點，仔細的凝望著，卻什麼也看不清。

花了很長一段時間我才理解現狀，這些日子我遲遲無法將他的號碼刪除，但也沒有想過這個名字有一天會再度浮現。Sean 是不應該存在的人。這瞬間我終於明白他話語中藏匿的意義。

但為什麼？

為什麼是韓東延？

我想起來他一開始就給過我名片，遇見 Sean 的時候或許那張名片就躺在我揹著的包包裡，但我根本沒有意識到，甚至完全沒發現那個戴著墨鏡的男人就是韓東延。

或許是我的錯，只要我早一點注意到，又或者在這幾個月的期間內，只要有那麼一瞬間，想到把韓東延的號碼輸入學生專屬的資料裡，或許，就不會迎來這一刻的錯愕。

然而，這些日子以來韓東延是帶著什麼樣的目光看著我呢？

覺得有趣嗎？

還是，感到荒謬呢？

終於我稍微撿拾起散落的意志，費力的按下撥號鍵，聽著那反覆的單音，響著，等著，即使是相同的存在，我卻帶著截然不同的心思。

「喂？」另一端傳來熟悉的嗓音，我斂下眼，感覺水氣逐漸佈滿眼眶，他的聲音帶著納悶和些許的小心翼翼，卻證實了他的隱瞞，「海音？」

「現在的你，到底是韓東延，還是 Sean ？」

「海音……」突來的質問或許讓他措手不及，他的聲音裡摻著慌亂，「妳聽我解釋——」

「沒有什麼好解釋的，如同你說的，Sean 不應該存在，也已經不存在了。」沒有留給他任何說話的空隙，我的淚水緩慢的沾濕我的雙頰，拚命壓抑著不讓他聽出我的脆弱，「小奈要結婚了，我只是替她轉達，但我想時間和地點你都不需要知道，因為我沒辦法若無其事的和你待在同一個地方。」

接著我猛然將電話切斷。

蜷曲著身體，拚命忍耐著淚水，卻讓背叛與疼痛在我體內劇烈膨脹，無情的壓迫著自己。

「海音、海音──」

我以為是錯覺，所以花了一段時間才意識到，他的聲音正穿透門板傳進屋子，敲門的聲響藏不住他的焦躁，他反覆的喊著我的名字，Sean 總是溫柔喊著而韓東延卻幾乎沒叫過的名字。

靠在沙發上我彷彿感覺到空氣被他的聲音與動作震動著，隔著門的聲音有些失真，知道他是韓東延，所以會感覺「門外確實是韓東延」，但門外站的假使是 Sean，或許我也會堅定的認為「那果然是 Sean 的嗓音」。

那麼，我所喜歡上的 Sean，究竟有多少真實性，而我的想像又填補了多少？

對我而言，即使理解了現狀，Sean 和韓東延仍舊是兩個截然不同的存在，因為在我的心裡，打從一開始就將兩個存在安放於不同的類別。

「海音，妳聽我解釋……我知道妳在家，也聽得見我說話，不回應我也沒關係，我知道我是個混蛋，我不應該騙妳，這些我都不會否認，我也承認一開始只是覺得有趣，想著妳什麼時候會發現，那個戴著墨鏡的男人就是我；但隨著時間拉長，我對妳越來越在意，感情也不自覺越給越深，有好幾次我都想坦白，想愉快的告訴妳，其實 Sean 就是我，但我說不出口，尤其在妳反覆的拒絕我之後，我居然開始嫉妒 Sean 所得到的妳的感情，一邊想著『韓東延為什麼不行』，一邊努力想讓妳的目光轉到我的身上。

「但是沒有辦法，妳看見的只有 Sean 這個存在，對於這樣的現狀我很害怕，也不明白，為什麼我就站在妳面前，妳卻總是不看我；海音，我不知道該怎麼辦才好，我一直想讓 Sean 從妳的生活消失，但真的很害怕，當我不再是 Sean，我就不得不失去妳給 Sean 的那份感情。」他說，話語中帶著濃烈的無奈與無能為力，「那是我，站在這裡的這個韓東延，最想得到，卻始終得不到的感情。」

好不容易止住的淚水又開始氾濫，韓東延的欺瞞之中藏匿著厚重的無奈，我希望自己能夠感到憤怒，卻沒有辦法，儘管隔著一扇堅實的門，卻擋不住他承受著的掙扎。

欺瞞。背叛。傷害。疼痛。

卻是為了得到愛。

然而我卻無法拉開門輕鬆的對他說「沒關係我能理解」，只能一動也不動的聽著他的傾訴，試圖分辨門外的人究竟是韓東延，還是 Sean。

「海音，我明白無論自己說了多少話，或者拚命做些什麼，都已經傷害了妳；但是請妳相信，不管是韓東延或是 Sean，對妳的感情都是真的。」

真的。

門外的人這麼說。

「我說過，只要妳還站在我能夠看見的地方，我就會想盡辦法抵達，也許妳會開始往我在的另一邊走去，但是，即使是必須花上十倍、一百倍甚至一千倍的力氣，我也會拚命的、拚命的追趕。」他的停頓彷彿是為了緩和呼吸，不是他的，而是我的，「或許，這樣反而比較好，雖然是這種狀況，雖然傷害了妳，但我仍舊自私的感到鬆一口氣，至少，妳知道我是 Sean，那麼或許我也就能告訴自己，妳給 Sean 的感情，其實，也是給我的。很可笑對吧，居然明明都是自己，卻總是在拉扯，還嫉妒起自己……」

我彷彿，聽見哀傷的聲音。

沉默，卻喧囂。

「海音，雖然覺得很對不起，但對於現在站在門外的我是韓東延這一點，我真的很高興，因為，不管是憤怒或是怨恨，至少，妳看見的是我。」

一直站在妳面前，妳卻總是不看的我。

17

側過身我又靠在他的肩上，視線顯得有些模糊，說不定我們所看見的愛情就像此刻我眼前的畫面，以為知道那是什麼，卻又分辨不清那是什麼。

韓東延在門外站了一夜。

我聽著雨的聲音整夜沒睡，就這麼蜷曲在沙發上，想著門外的韓東延，同時也試圖忘記韓東延就在門外的事實。

他自顧自的說了晚安之後，我以為他會離開，卻始終沒有聽見腳步聲，但我想，一扇門能夠阻擋的其實比我們想像的還多；覺得渴了就起身倒了水，端著水杯不自覺的往門邊走去，將耳朵貼在門板上，冰涼而硬的質地貼附上我溫熱的右耳，什麼也沒聽見，夜裡雨大到連聲音都被吞沒，想走回客廳卻又將眼睛貼上貓眼，接著我安靜的後退，終於走回還留有餘熱的沙發。

韓東延還在門外。

靠在走廊的牆壁上，扭曲的畫面裡仍舊能察覺到他皺起的眉，一種類似於焦躁或者不安的分子混進雨的氣味裡，我不敢深呼吸，害怕那水氣竄進我的體內。

我一動也不動的坐著，夜晚的寒意緩慢爬上我的肌膚，非常的冷，我卻沒有任何取暖的念頭，也許黏附在我肌膚上的冰冷能夠瓜分我對塞滿自己體內的感情的注意力。

接著天亮了。

裸露的腳踏上地板的瞬間，冷透的觸覺猛然竄上，踏著低溫我一步一步走向門邊，韓東延仍舊站在那，他皺起的眉心始終沒有舒展，我滑坐在地板上，身體貼靠著門板，感覺那股冷，卻也感覺到某種熱。

不知道過了多久，我預設的鬧鐘響了起來，七點整，為了過著規律的生活，三年前我開始在固定的時間起床，視線落在床頭櫃上的鬧鐘，我才剛站起身，就聽見他的移動。

韓東延彷彿終於放棄一般拖著漸弱的腳步聲離開，消卻在響得越來越劇烈的鬧鐘響鈴聲裡。

鬧鐘又響了一陣子我才回過神，按下按鈕的瞬間整個房間忽然沉默了下來，韓東延以為我醒了，所以在我開門之前他先一步轉身；我以為他站了一夜是為了等我旋開門，接著拚命傾吐他的感情與解釋，然而他不是，更像是害我察覺他整夜都未曾離開。

為什麼？

為什麼要讓自己變得如此卑微？

人都是自私的，在愛情之前特別是，於是人們便拚命給自己想給的、說自己想說的、拿自己想拿的，然而卻沒有意識到，自己能夠如此恣意妄為是因為有另一個人承受了我們想給的、聽著我們想說的、又給了我們想要的。

韓東延明白，比我自身還更加明白，現在的我不願意承受更多的感情。

但他沉默的轉身，卻比什麼都還要沉重。

終於我推開門，帶著積聚整夜的憔悴，拖著疲憊的步伐緩慢的走著，早晨的空氣透著雨的味道，即使雨停了，卻還留在這裡。

走了一段路、搭了車，又走了一段路，最後我站在泰迪家門口，儘管知道泰迪還沒醒，我還是按了門鈴，隔了一段時間又按了一下，第三次按下門鈴之後不久，門就被緩慢拉開。

映入視野的是睡眼惺忪的泰迪。

「海音？」他的疑問裡混著厚重的睡意，「怎麼那麼早？而且妳看起來很慘。」

「我知道。」

泰迪邊打著呵欠邊煮著份量加倍的咖啡，濃郁的香氣瀰漫在屋子裡，在端來咖啡之後泰迪什麼也沒有問，就只是安靜的坐在我身邊陪我喝著咖啡。

捧著馬克杯我將熱氣深深吸進肺部，因為是肩並肩的坐著，所以不看對方也沒有特別的壓力。

「你是不是早就知道了。」我說，乾澀的聲音不像是自己的，「韓東延就是 Sean。」

「嗯。」

泰迪沒有迴避，果斷的承認，其實我並不感到生氣，藉由第三者的口中得知或許會更糟。對泰迪而言，他和千碧想確認的不是「Sean 究竟是誰」，單純為了確保 Sean 不會傷害我，一個男人對於一個女人的那種傷害。

「其實我沒什麼猶豫就決定不告訴妳，無論是他自己坦承，或是妳自己發現，都比我說來得好；何況我不知道妳對他抱持的感情到什麼程度，不想讓自己的莽撞，毀壞了妳隔了那麼久之後才凝聚的希望和勇氣。」泰迪的語調相當輕緩，「不過我還是去找過韓東延，可能是我多事，但確認了他的確是認真的之後我就沒打算干涉。沒隔多久妳就說被Sean甩了，所以他大概想靠著『韓東延』這個人得到妳的感情，這點我還是明白的，畢竟同樣是男人。」

「你在替他說話嗎？」

「大概。每個人都不喜歡被欺騙，不管出發點是好意或是惡意，甚至不得已，理解是一回事，但感情又是另一回事；我身為妳的朋友，當然也不希望妳被欺騙，但更重要的，我更不希望妳被這股受傷的感情阻隔住自己內心真正想要的。不管是什麼。」

泰迪伸出手，攬住我的肩，「到這裡為止算是替他說話，不過，喜歡Sean的妳，到底是不是也喜歡韓東延，這就不是我想攙和的部分了。」

沒有人想踏進與自己無關的感情泥沼，但據說泥沼具有會將人拉下水的能力。

譬如某個叫做紀海音的人，在自己平常不大會去的區域設法消磨掉整個白天之後，站在便利商店吞嚥下一顆都是美乃滋味道的御飯糰，接著走了一段路，最後出現在另一個叫做傅齊勳的人家門口。

還按下門鈴。

按了兩次門鈴都沒有人應門，大概傅齊勳不在家，盯著咖啡色的門板愣了一會兒，我沒有轉身離開的意思，而是蹲了下來，讓自己呈現額頭貼著門板的詭異姿勢。

這種姿勢莫名的讓我感到安心。說不定是因為路過的人看不見我的長相。

總之我盡可能什麼都不去想，儘管成效有限，但當韓東延的臉又飄近我思緒的時候，我的情緒已經不那麼起伏，雖然胸口始終悶悶的。

一整天我都在思考，我喜歡Sean、也不討厭韓東延，但我就是對韓東延沒有喜歡的心思，好像應該下個「對站在眼前的人的感覺第一優先」的結論後就畫下句點；然而我總感覺這結論太過武斷。

也許，因為把位置給了Sean，所以無論是韓東延或者其他人都擠不進來。

又也許，韓東延的存在過於強烈，在我願意承受之前就捧上灼熱的愛，於是為了保護自己我拚命抗拒，選擇將手伸向Sean也是相同理由，因為距離，因為模糊，因為緩慢，所以覺得比較安全。

再也許，我確實不喜歡韓東延。

看似只有三個可能，但誰也無法肯定的給出答案，我不能，韓東延不能，傅齊勳當然更不能。而且他應該也不會想理我。

然而卻是陷入某種感情，就越是需要一個跟那感情無關也不想參與的人。

「妳在做什麼？」

傅齊勳特有的冷淡語調從上方落了下來，我離開門板緩慢抬起頭，擺出可憐兮兮的表情，雖然他的表情一向很貧乏，但怎麼感覺他好像有點無奈。

「妳蹲在那裡我怎麼開門？」

乖順的站起身讓傅齊勳順利開門之後，我也異常順利的侵入他的地盤，他似乎多看了我幾眼，大概是我的模樣看起來很慘，剛剛透過便利商店的玻璃我不小心看見了，難怪今天每個店員對我都格外客氣。

「傅齊勳。」

「嗯？」

「我們來喝酒吧。」我筆直望著他，「我要喝甜甜的酒。」

我還是沒能喝到貝禮詩。

盯著傅齊勳擺在桌上的梅酒，鼓起臉頰瞄了他一眼，他乾脆的當作沒看見，逕自倒起酒來。他說不定是故意的。

「是看上櫃子的酒，所以想辦法把自己弄得像鬼來騙酒喝嗎？」

「不喜歡說話就不要說話。」我一口氣喝了半杯梅酒，「而且還是讓人討厭的話。」

「跑來我家要我不要說話，紀海音，雖然跟秋陽是不同發展方向，但妳果然跟他學了很多。」

「我跟伍秋陽才不像。」

傅齊勳不理我，安靜的啜飲梅酒，有很長一段時間我和他之間都沒有聲音，卻讓人相當安心；我搖晃著玻璃杯裡的液體，輕輕的施力，也許人的感情也是如此簡單便被翻騰而難以平息。

韓東延單純不過的感情卻拉扯出他自身、Sean和我的複雜糾葛，明明是那麼簡單的核心，如同這液體，清澈透明，卻抵擋不住我的力量，而我也抵抗不了它所帶來的灼熱。

「傅齊勳，我可以坐你旁邊嗎？」

等了一陣子他都沒有回應，雖然沒有說好，但也沒有拒絕，於是我緩緩移動，在他右手邊坐下，手臂輕輕擦過他的；酒精在我體內逐漸發酵作用，微醺感籠罩著我，熱度從內部擴散，我不自覺瞇起眼，身子傾向左側，輕輕靠上傅齊勳。

「我失戀了，你知道，被不知道是誰的人甩了，但是我昨天不小心知道那個人的身分，像電影情節一樣，是認識的人，不只認識，還是一直不死心追求我、而我一直拒絕的人。」我輕輕闔上酸澀的眼，「事情好像很簡單，卻很難整理，至少我得不出結論，我明明就喜歡Sean，但又不喜歡韓東延，可是Sean跟韓東延又是同一個人，傅齊勳，你說，人怎麼會同時喜歡一個人又不喜歡一個人呢？」

傅齊勳沒有說話，我卻感覺到他正仔細聽著。非常仔細的。

「果然我一點也不懂，不管是愛情、男人，還是自己。」大力的嘆了一口氣，「我們來乾杯吧。」

但他只替我倒了半杯酒，安靜的凝望著身邊的男人，最後索性側過身肆無忌憚的張望，他瞄了我一眼，仗勢著酒意我將手伸向他的唇角，愉快的替他扯開笑；他拍開我的手，抬起食指抵住我的額頭，毫不客氣的把我推開。

「你笑起來就不會感覺那麼難相處了，笑一下吧。」

「沒必要給人錯誤的印象。」

「第一印象很重要的，我啊，第一眼見到你的時候真的很不喜歡你，不過第二、第三印象也很重要，因為我越來越討厭你。」我好像有點醉了，對著傅齊勳呵呵的笑了出來，「我還想著，這到底是什麼樣討人厭的男人，居然對我說『絕對不可能愛上我』，真的、真的讓人超不爽的，一點禮貌也沒有，再怎麼說我也是個女人，傅齊勳，女人是很會記恨的。」

「那為什麼我現在會那麼喜歡你呢？」我朝著他咧開笑，「就算你很難相處也可以不看難相處的部分，嗯……從什麼時候開始的呢？真是奇怪，明明一開始很討厭你的啊，為什麼現在難過也想到你，開心也想到你，有事沒事就會想到你，傅齊勳你說，是不是很奇怪？」

「妳喝醉了，我倒水給妳喝。」

「我沒有醉，聽說喝醉的人都會說自己沒有醉，所以我醉了嗎？」我伸手拉住欲起身的傅齊勳，「隨便，醉了也沒關係，不要想亂七八糟的韓東延和 Sean，想討人厭的傅齊勳就好，到底傅齊勳為什麼這麼討人厭卻又讓人這麼喜歡呢？你知道為什麼嗎？」

「紀海音——」

「因為紀海音人最好了，所以連傅齊勳討人厭的部分都一併喜歡了。」我胡亂的摸著他的頭，「像討人厭的伍秋陽一樣，雖然他很討人厭，可是我還是喜歡他，你不可以告訴伍秋陽，絕對不可以，也不能告訴伍秋陽我喜歡你，他一定會把你扔到資源回收場。」

傅齊勳阻止了我想拿酒杯的手，掙扎了幾次我皺起鼻子只能放棄，但他沒有鬆手，儘管我的身體正在發燙，他的溫度卻依然不容忽視。

溫度。

側過身我又靠在他的肩上，視線顯得有些模糊，說不定我們所看見的愛情就像此刻我眼前的畫面，以為知道那是什麼，卻又分辨不清那是什麼，因為知道是傅齊勳住處的客廳，所以可以說出電視旁那個藍藍的東西是原文書而不是電話簿；但我們怎麼知道愛情裡那抽象的存在確切是些什麼呢？

或許關於愛情，百分之八十以上的內容都是我們自身的衍生、想像，以及期望。

於是每個人看見的愛情都不一樣。

於是每個人都不那麼明白愛情。

我抬起眼，傅齊勳顯得有些朦朧，注視著如此靠近的他，我緩緩的開口：「吶，你說，愛情到底是什麼？」

傅齊勳看著我，安靜的，帶著某些沉默，忽然他傾下身子緩慢靠近我，最後我感覺他的唇貼上我的，和他的體溫不同，冰冰涼涼的。

這是吻嗎？

也許只有一秒鐘，或者兩秒鐘，傅齊動再度拉開距離，卻沒有移開他的視線。

我不懂。眨了幾次眼他依然顯得模糊，但模糊的傅齊動始終注視著我。

「傅齊動，你也喝醉了嗎？」

「就當我喝醉了吧。」

其實我聽不清楚他的回答，因為他在說話的同時將我攬進懷裡，就這樣抱著，強烈的睏倦感暴烈的朝我襲來，我伸手拉住他的襯衫，呼吸裡瀰漫著屬於傅齊動的氣味，好像有些什麼應該被抓住，但我實在太累了，最後我決定放棄思考，讓沉重的眼皮緩慢的垂下。

所有的問號以及解答都一併陷落。

頭好痛。

掙扎的爬起身，映入眼簾的是陌生的場景，某個人的臥室，卻不是我的。

花了一點時間才抓取住線索，大概是傅齊動的床，應該，畢竟我的活動範圍只有他的客廳；嗅聞到尚未褪盡的酒氣讓我皺起了眉，伸手拿了床頭上的礦泉水，乾脆的灌下。

冰涼的液體紓解了喉嚨的乾渴與熱痛，起身往客廳走去，屋子裡彷彿只剩下我一個人，視線流轉了一圈，沒有任何隻字片語，果然是傅齊動的風格。

屬於我的物品被放在顯眼的位置，我穿起外套拿起背包，一邊揉著太陽穴一邊離開傅齊動的住處。溫暖的日光披灑在我的身上，我稍微感到舒服了些，於是慢慢撿拾昨晚的記憶；然而畫面卻越來越模糊，我好像對傅齊動說了很多話，主要是關於韓東延，似乎還有提到他，但確切的內容卻難以拼湊，只能祈禱我滔滔不絕說的不是他的壞話。

突然想起該檢查手機，三通未接來電和兩封未讀訊息，兩通是即將結婚的小奈打的，另外一通是千碧，小奈另外傳了一則訊息，為了確認婚禮出席的人數，簡短回覆之後我愣了許久才開啟最後一則訊息。

Sean。顯示的寄件者名稱。但他是韓東延。

瞬間閃現的念頭讓我想將手機直接扔回背包，然而閃躲解決不了現狀，伍秋陽說的，直接注視著問題，大多時候答案早已被安放在問題之中，所謂的問題並不是為了困擾誰、或者讓哪個人永遠陷入不可解處境，相反的，問題的存在就是為了被解開。

並且，我們的回答也並不為了讓哪個人感到滿意，而是一種自身的體現。

為了讓步伐更堅定。

輕輕的嘆息之後我又深深的呼吸，終於我開啟了來自韓東延的訊息：

「海音，不管等多久都沒關係，我只希望能好好和妳談一談，我明白自己沒有資格提出這種要求，所以在妳願意之前我都不會出現在妳面前，課也暫時沒辦法上了，對不起。無論如何我會等。」

深深的吐了口氣，想將胸腔裡的所有空氣全部擠出，反覆了幾次之後我的頭感到有些暈眩，站在人行道中間，來來往往的行人從左邊從右邊趨近、遠離，不移動的我招來了非好意的眼神，最後我拖著沉重的步伐，靠向人行道邊緣。

所有人都帶著想移動的心情，對於我這樣一個停滯又佔據主要位置的人想必感到很煩躁，人的生命或許也是如此，才會有一份又一份的掙扎與拉鋸。

一旦我定格在原位，縱使撇開眼也改變不了韓東延就站在不遠處等著我移動的事實，無論是一天、一星期，甚至更久更長的時間，人的心就是在那個位置打了結，越久，越緊，就越趨近死結。

這五年我拚命逃離過去，以為自己只要離得夠遠，那所有的一切都能化作塵土，隨風而去；然而那化作塵土的過去，卻在風來之際飛揚而起，沾附我每一吋肌膚。

終於我明白，人的體內某些部分的移動和時間和距離毫無關聯，那是纏上的結，也是必然的業，必須解，也必須還。

在根扎得太深之前，無論在我心底，或者在韓東延的生命裡，糾結的已經不是出於他個人的感情，還有我的。

關於 Sean。關於韓東延。關於紀海音的自身。

「星期日下午三點，公園的長椅，我會在那裡。」

按下了傳送，溫暖的日光逐漸變得灼熱，我深深呼吸，在短暫的恍惚之後，終於我邁開步伐，融進移動的人群之中。

那同時是一種安全，也是一種害怕。

18

晶瑩剔透的淚珠緩慢落下，我彷彿聽見墜落的喧囂，那是一種終於落地的哀傷。

韓東延在兩點十七分抵達。

能夠如此準確的說出時間是因為我更早就到了，坐在不遠處能看見約定地點的階梯上，早到沒有特別的目的，純粹是心緒不寧。

他沒有坐下，也沒有像無尾熊一樣在原地踱步，有些僵硬的站在原地，臉上的表情顯得相當緊繃，我幾乎沒有看過這樣的韓東延；然而一個人究竟能看見多少的另一個人，永遠是無解的問題。

彷彿為了平復自己的心神，他反覆做著深呼吸，又或者不是，那長長的吐氣或許是他的嘆息。

有些人說，人真正的感情只有在獨自一人時才會完全顯現，因為人生就是一齣有著大量獨白的舞台劇。

注視著非常凝重的韓東延，無論起因是不是誤會，決定隱瞞便是他犯下的錯；然而牽扯到愛的一切，又有誰能真正定義對或者錯？

如果我不喜歡Sean，又如果我喜歡韓東延，他的隱瞞可能會成為一種驚喜也說不定，明明是相同的一件事，卻在人心的晃蕩之中走向不同結果。

因此平靜下來之後我並沒有特別的憤怒，甚至能理解韓東延的掙扎，對於必須背負著Sean的存在，或許他才是感到最沉重的那個人。

咬著唇，我沒辦法再默默凝望著如此緊繃的韓東延，不是心疼，而是太過深刻。

於是我朝著他走去。

「海音……」

「如果有想說的，就現在說吧。」

空氣中瀰漫著緊張的沉默，我以為韓東延會拚命解釋，想盡辦法讓我理解他的作為，但他沒有，我和他之間有一段空白，不是距離，而是除了白色以外任何顏色都不存在的畫面。

我不知道空白持續了多久，終於他打破了凝滯，用著相當緩慢並且帶著乾啞的嗓音。他說：

「對不起。」

這三個字彷彿涵蓋了一切，站在我眼前的韓東延以無比真摯卻複雜的目光凝望著我，沒有任何解釋，卻說明了他的感情，水氣逐漸瀰漫上我的眼眶，我不明白此刻的自己為什麼會如此的哀傷，只能看著這樣的他，終究我負荷不了淚水的重量。

對不起。

他只是這麼說。

站在我的面前安靜的承受所有的一切，無論是什麼，他伸出手以指腹溫柔的拭去我頰邊的水痕，我以為他會走近，他卻收回了手。

韓東延壓抑著所有的自己，就為了留給我最大的餘地。

儘管是轉身。

「除了對不起之外，你沒有任何的解釋嗎？」

「有，很多，在我見到妳之前，我腦子裡想著的都是怎麼讓妳明白我的所作所為，怎麼讓妳原諒我，怎麼讓妳願意給我機會；但是，見到妳的那一刻，我忽然覺得，不管有多少理由，都改變不了對妳造成的傷害。」

他的聲音緩慢而沉重，「海音，一直以來我都相信著，想要對方的愛就要果斷的爭取，拚命努力之後仍舊得不到那就意味不是我的，對我而言愛情就是如此簡單又乾脆的存在；只是，我卻設法無視妳反覆的拒絕，告訴自己妳不過是在抗拒，總有一天妳會像看見 Sean 一樣看見我……」

我的淚水無法克制的落下，韓東延變得非常模糊，然而或許正因為這樣的模糊，我彷彿看見了藏匿在韓東延體內的 Sean。他反覆想告訴我的。

韓東延一直試著讓我看著他，只要好好的注視，或許就會發現也說不定，明明是同一個存在，明明韓東延帶著更強烈的愛，卻因為太過灼燙而讓我下意識的撇開目光。

「我告訴自己要如往常一般的果斷，俐落的、乾脆的放手對妳甚至對我或許都會比較好，但我沒有辦法，這是我第一次感到如此無能為力，只是我明白，現在的我沒有資格朝妳伸出手，所以我會待在原地。」他的聲音揉進了濃濃的哀傷與無奈，也許當雙眼分辨不清眼前的畫面時才能最真實看見對方，「海音，我很愛妳，比我所能想像的、所願意給的還要多，無論如何我想讓妳明白這一點。」

韓東延輕輕扯開唇角，眼角卻滴下晶瑩的水珠。

模糊，卻清晰。

「海音，這次我不會閃避，只要妳再對我說一次，妳從來、沒有想要把妳的愛給我。」

我就會、帶著我的愛離開。

任何的存在都會在失去的邊緣劇烈膨脹，無論是為了突顯那存在，或是為了強調那失去；於是韓東延的感情以不容忽視的姿態懸在崖邊。

等著上岸，或者墜落。

深深的凝望著他，淚水不知道什麼時候停了，頰邊的水痕早已風乾，隱約拉扯著我的肌膚以及我的意識，韓東延讓自己站在懸崖邊，等著我的決定；然而那時候的我卻發不出任何聲音，胸口泛著疼痛，一時間我感到難以呼吸。

他沒有逼迫，就只是安靜的等候，拋出了自己，然後，等著被承接又或者狠狠摔落。

「我該回去了。」

最後我這麼說，沒有給他任何回應，也沒有給自己任何答案，詫異的他注視著我，撇開眼我不想承受他的感情，彷彿暫時鬆了口氣一樣，韓東延沒有說要送我回家，卻一如既往的跟在我身邊。

這段路途顯得漫長又短暫，他在巷口停下，我沒有隨著他止住移動，告訴自己不要停頓也不要回頭，即使明白韓東延還站在那裡，我卻沒有餘力面對。

回到房間後我把整個人埋進棉被裡，思緒一片混亂抓取不住任何線索，胸腔裡揉合了哀傷、疼痛、煩躁和更多的不解，無論多麼用力都釐不清這些情緒究竟來自哪一個部分。

也許是對於 Sean 純粹單純的愛。

又也許是對於韓東延。

然而不一樣的答案便會衍生截然不同的結果。

我猛然爬起身，走向流理台倒了一大杯的水，乾脆的灌進混亂的體內，儘管沒有依據但我仍然相信水能洗滌人的思緒，至少冰涼的液體能讓人稍微清醒一些。

好不容易拉回一些思考能力，卻同時扯進最簡單卻最複雜難解的問題。

我究竟對韓東延抱持著什麼樣的心思？

不是 Sean。而是韓東延。

又灌下第二杯白開水，手機在這個時候響了起來，悶悶的單音，我翻找出背包裡的手機察看。是韓東延。

開啟之前我先到通訊錄改了名稱，刪去 Sean 的名字，接著在空格輸入「韓東延」。

心底似乎有某個部分被揪緊，屬於 Sean 的那部分，我告訴自己，Sean 從此不會再存在，即便要考慮，也必須直視站在我眼前的韓東延。

Sean 是一個溫暖的存在，同時是我對愛情的憧憬與想像，比起一個確切而具體的「他」，我始終難以割捨的或許更趨近一種想望與概念。

始終待在電話另一端的 Sean 或許可以是任何人，又或者他能夠成為任何人，他帶著足以容納所有想像的輪廓，卻也黏附著具切的真實性。

這樣的一個存在，根本沒有哪個真實的人能夠抗衡。

玩弄了手上的手機好一陣子之後，我終於讀了他傳來的訊息，只是稀鬆平常的字句，要我好好休息，記得熱敷眼睛，然後他會等，不管是接受或是拒絕，只要是我給的他就會當作是正解。

正解。

但這世界上並不存在著所謂的正解。

儘管明白沒有最正確的解答，人卻還是拚命試著找尋最接近正確的答案。

我找著我手中問題的答案，韓東延也設法找出懸在我身上的答案，而傅齊勳也是，試圖給趙妍庭她想得到的答案。

然而我沒有預期自己會撞見這一幕。

才剛踏上階梯，迎面就看見他和她站在走廊，兩個人安靜的站在傅齊勳家門前，沒有進門的打算，也彷彿沒有說話的打算。

我不應該成為畫面中的顏色，想轉身卻動彈不得，只能隔著不那麼靠近卻也不那麼遙遠的距離凝望著眼前的他和她。

他和她之間有一個跨步的空白，我彷彿看見她的頰邊有隱約的反光，或許那是淚，但我不願意做任何的揣想，只是雙手不自覺緊緊握住，像闖進我不該踏入的世界一般繃緊的神經。

忽然她踩過了他和她之間的空白。

即使能夠精準的丈量那跨步確實是幾公分，對於人的感情而言，一公分也好，十公分也好，遠或者近不是一種概念，而是一股力量。

只要一個跨步就能抵達的彼端，卻像永遠到達不了一樣遙遠，那是兩個人之間最貼近卻最遙遠的邊界，想跨過邊界勢必得付出代價。

偶爾，是我們無法承擔的代價。

無論如何趙妍庭踩過了邊界，她伸出手緊緊擁抱著傅齊勳，傅齊勳沒有移動也沒有說話，雙手垂放在他的身側，我的胸口忽然緊緊揪著，這是我不該目睹的畫面，也是我不該看見的答案。

傅齊勳什麼都沒說，什麼都沒做，卻也回答了所有的問題。

趙妍庭緩緩拉開身子，退回起初的位置，這次我看清楚她頰邊的淚了，她深深的凝望著傅齊勳，我看不見藏匿於她眼底的感情，卻看見她抬起了手，狠狠的甩了傅齊勳一巴掌。

然後我聽見她的聲音。

「傅齊勳，剛剛，我已經把我對你的愛、和對你的恨都還給你了，對我而言你已經是無關緊要的男人了，所以，你也不要覺得還虧欠我什麼，就連你的愧疚，對我而言也是多餘的。」

「妍庭，」傅齊勳的語調中揉合進深深竄入人心的某些什麼，「好好照顧自己。」

沒有謝謝。沒有對不起。也沒有其他的話語。

儘管是極其簡單而日常的一句話，然而對於他和她，已經承載了太多的感情。

「閉嘴，什麼話都不要說，什麼、都不要說。」晶瑩剔透的淚珠緩慢落下，我彷彿聽見墜落的喧囂，那是一種終於落地的哀傷，她以平靜的目光凝望著傅齊勳，「以後，絕對不要想起我。」

她的聲音還飄浮在半空中，然而她卻在未竟的延伸裡斷然轉身，彷彿不願意延續更多的什麼，又或者害怕著那可能延續的什麼，我不知道，我不會知道，我所能看見的，就只有她的轉身而已。

趙妍庭邁開步伐，高跟鞋落地的聲響迴盪在沒有言語的走廊裡，她筆直的朝我的方向走來，我不知道該以何種表情面對她，於是我斂下了所有表情，她看了我一眼，沒有停下的意思，彷彿陌生人一般乾脆俐落的擦身。走過。

聽著她遠去的腳步聲，抬起眼我迎上仍舊站在原地的傅齊勳的目光，那是一段漫長的流逝，直到屬於她的聲響全然靜默之前，我和他之間並不存在著移動。

不知道過了多久，我終於想起了動作，於是我緩慢的往傅齊動走去，越靠近就越能看清他臉上留下的紅印，像一種烙印，看了就痛的烙印。

「痛嗎？」

「痛也是活該。」

「我是說這裡。」伸出右手我的掌心輕輕貼放在他的左胸口，「痛嗎？」

安靜的他凝望著我，他的心跳震動著我的神經，挑動著我的意識，接著傅齊動抬起手，覆蓋上我的手背，那熱度毫無遮掩的傳遞而來。

「那也是一種活該。」

他這麼說。

捧著馬克杯我嗅聞著紅茶的香氣，以眼角餘光瞄著正在冰敷的傅齊動，趙妍庭那一巴掌搧得相當扎實，他臉上的紅印越看越慘不忍睹。

「你喜歡的女人果然很不普通。」

「妳不是說也是有喜好獨特的女人會喜歡我，既然喜好獨特，就不必追求普通了。」

「真是意外，你比我想像的還要逆來順受。」很沒同情心的我笑了出來，「不過我說過的話你記得很清楚嘛。」

他瞪了我一眼，並沒有回應我。

「不過，這樣對你、對她都比較輕鬆吧。」我啜飲了一口熱茶，「恭喜你終於徹底被甩了。」

「紀海音，需要我把妳丟到秋陽家嗎？」

「做人不要這麼小心眼。」

「妳又來做什麼？」

「來探望你。」

「說實話。」

「我又沒說謊，是來探望你啊，順便、詢問你一些意見，不過現在好像有點不適合……」

「沒什麼適不適合，有什麼話就現在說。」

「還是同一件事，同一個人，只是差別在於這次沒有 Sean 了，只有韓東延。」我輕輕呼了口氣，斂下眼望著紅茶微微晃動的表面，「徹底捨棄 Sean 之後，好像有一種我終於看見韓東延的感覺，看著他的樣子，還有他對我付出的感情，心就有一點酸一點痛，我明白對於韓東延我並不是絲毫沒有動搖，但動搖的究竟是對於一個認真愛著的男人的不捨，還是我的感情，我始終弄不明白。

「我的心底確實放著某個人，這一點我很明白，我想是 Sean，至少我一直這麼以為，畢竟對我而言 Sean 是一個無法取代的想望與憧憬，然而將 Sean 剝除之後，心底有一部分空了，對於這點我好好的做了準備，但那裡還留有什麼，跟 Sean 無關卻被 Sean 遮掩的，但遮掩太久之後就分辨不出原樣，雖然唯一的可能只有韓東延，但我卻總聽見另一道反駁的聲音。」

我說。

「太久沒談戀愛，連最簡單的愛的樣貌都忘得一乾二淨了。」我垂下肩膀無力的望向傅齊勳，「以前的我一定覺得很荒謬，愛就愛、不愛就不愛，那麼簡單乾脆的事根本不需要思考，大概，我想我就是思考太多之後反而看不見初心了。」

「那就乾脆不要想。」

「我當然知道，問題是做不到，人是很矛盾又很多疑的生物，一旦思考過了，就很難回到什麼主觀都沒有添加的原貌；對韓東延也是，我可是很努力才整理好 Sean 跟他，但在整理的過程中花了太多心思，所以現在全部的感情都像是經過解釋之後的產物，這樣可以說得通，但反過來也好像很合理，結果就是任何可能都顯得很可疑。」

我用力嘆了一口氣，傅齊勳放下冰塊，看了我幾秒鐘之後，我以為他會說些什麼，但他只是問我：「茶還要嗎？」

「不要了。」站起身我走到他身旁坐下，「傅齊勳，你說，我看起來像戀愛中的女人嗎？」

「不要靠那麼近。」

「你真的很難相處，但是，看見你被狠狠甩那一巴掌的時候，我的心有痛那麼一下，雖然是你活該沒錯，但身為你的朋友還是替你覺得痛。」

「不要自我感覺良好。」
「傅齊勳……」
「嗯？」
「你還是沒有回答我，你現在還是愛著趙姸庭嗎？」
「是或不是有什麼差別嗎？」
「不知道，只是感覺這件事很重要，至少，能稍微知道你現在痛的程度，是很痛，還是非常的痛。」
我的雙眼膠著在傅齊勳的目光之中，他頰邊的紅相當刺眼，烙印著屬於他和她的愛情，有那麼一瞬間我不想看見那些，於是在我察覺之前我就已經將右掌心貼上他的臉頰。
感受著包裹著他痛楚的熱燙。
我的體內沒有任何酒精能夠發酵，卻感覺到自己的呼吸與心跳逐漸加快，不到難受或者難以控制的程度，就只是微微、卻不隱約的。暈眩。
「她已經是我的過去了。」
「所以，很快就會不痛了嗎？」
「只要妳沒看見，就不會那麼痛了。」
「我不知道會撞見……」我的手仍舊貼放在他的臉頰，兩個人的距離近得能夠清楚感受到他的呼吸，「但如果沒看見的話，你會一個人全部安靜的承受吧，可是，人並沒有那麼堅強，就算覺得自己可以，也不一定就真的可以，特別是感情，沒有出口的時候非常的難受，所以，我不會當作沒有看見，這樣，你才可以理所當然的利用我。」

忽然他伸出手將我攬進懷中，我有些意外，卻不那麼意外，至少自己能夠給傅齊動一點安慰，讓他不必孤單的忍受疼痛，所以我同樣伸出手緩緩的擁抱住他。

聽著他的心跳，我忽然想，或許讓時間停在這一瞬間也很好。

19

我們總是會失去。
但偶爾我們會感謝那份失去。
因為失去，讓我們明白彼此的美好，也因為失去，讓我們能夠察覺身旁的美好。

他輕輕敲了門，卻只站在門外。

旋過身我迎上他淺淺的微笑，與記憶形成微妙的落差，少了一點天真單純，多了一些穩重與複雜。他始終站在原地等著，像是一種證明，為了讓我知道他確實遵守著他後退的決心。

「想送妳回家，在離開前這是我最想做的事。」

「嗯。」

「其實我很早就到了，透過窗看著正在講課的妳，雖然做好了準備，但好像直到剛剛，看見妳愉快的笑，我才不得不接受，我的離開對妳才是最好的結果。」

「雖然沒辦法像過去一樣自然的相處，但是——」

「海音，不要給我但是，妳很清楚我有多自私，也知道我有多不成熟，如果妳稍微溫柔一點，說不定我又會把妳的溫柔當作一種可能，因為我比誰都還要明白妳是多麼美好的一個人，所以比誰都還要難以放手。」

安靜的走著路，其實他很少這麼送我回家，總是開著車，放著當時流行的音樂，彷彿為了填補一些什麼，又為了逃避一些什麼。

我們都太過年少，卻又仗勢著年少，以為受了傷也無所謂，卻不明白最痛的並不是自己流的血，而是在對方身上割下的傷痕。

等到明白了以後，卻已經走不回起先的路途，連原本美好的對方，自己曾經那麼深深愛著的對方，也已經無法駐留於往後的生命之中。

也許失去的同時，我們才真正感受到擁有。

「下個星期我就要去美國了，大概不會再回來了，到最後我還是很自私，就算知道妳應該不想見到我，我還是想跟妳說再見。」他停下腳步，冷白的燈光映現著他唇角顯得有些勉強的弧度，「除了再見之外，更重要的，是想跟妳說謝謝，謝謝妳曾經那樣的愛過我，也謝謝妳讓我擁有過一份深刻的愛，但是對不起，沒有好好珍惜妳，也沒有好好保護妳，甚至在那麼多年之後又差點毀壞了妳平靜的生活。」

「既然是過去，那就讓這些都過去，在新的地方好好的生活。」我朝他揚起淡淡的笑，「雖然恨過你，但我沒有後悔愛過你，至少想讓你知道這一點。」

「這麼好的女人就站在我面前，我卻只能跟她說再見，這就是懲罰吧。」

「比我好的女人多的是，一直把心思擺在過去，會看不見前方的。」

「妳應該已經看見妳的前方了吧。」他的笑稍微顯得輕鬆了些，「上次見過的男人，我對他實在沒什麼好感，尤其想到他把妳搶走這件事就更覺得他討人厭，特別是他狠狠揍了我的那一拳我記懷到現在，但是，在他身邊的妳感覺非常安心，所以我想我也沒必要擔心妳了。」

他誤會傅齊勳是……

「不是你想的那樣，不過是很好的朋友，我身邊有很多很好的朋友，所以你不必擔心；但是，他什麼時候揍了你一拳？」

難道傅齊勳設法找到他，接著狠狠修理他一頓？

不太可能，這不像傅齊勳的風格。

「原來妳不知道，早知道就不讓妳知道了，這樣只會更喜歡他吧。」他無奈的聳了聳肩，「五年前，在妳轉學後不久，有兩個男人到學校來找我，其中一個自稱是妳的表哥，另外一個就是他，妳表哥像黑道一樣狠狠的修理我，本來只是在旁邊看著的他阻止了妳表哥，但拉開妳表哥之後他又突然走回來，狠狠給了我一拳，警告我絕對不要再出現在妳面前。」

「我不知道……」

我不知道那麼久之前傅齊勳就已經涉入了我的生命，也不知道伍秋陽早就知道這一切，斂下眼我的心情顯得有些複雜，不知道是該生氣還是該感激；然而那是伍秋陽的溫柔，也是傅齊勳的溫柔。

「我差不多該走了。」

「嗯，路上小心。」

「海音，」他緩緩拉住我的手，輕輕施力的握住，「沒能好好牽著妳的手是我這一生最大的遺憾，我想，即使到了久遠的以後，我也還是會這麼認為；所以，我希望能有另一個人，可以牽著妳的手陪妳安穩的走著。」

「嗯。」

他鬆開手，扯開淺淺的笑，「再見。」

「再見。」我說。

凝望著他逐漸縮小的背影，掌心彷彿還殘存著屬於他的溫度，在他終於踏出我的視野，那溫度也隨之消卻。

我們總是會失去。

但偶爾我們會感謝那份失去。

因為失去，讓我們明白彼此的美好，也因為失去，讓我們能夠察覺身旁的美好。

「許尚新說你揍了他一拳，要我替他報仇。」

「不認識。」

「說謊。」我伸出食指戳了戳他的臉頰，他毫不留情的拍開我的手，「原來你那麼久以前就開始當伍秋陽的共犯了。」

「沒事就回去，不要一直出現在我家。」

「泰迪帶著他阿姨回老家了，千碧一見到我就想更新我跟韓東延的進度，夏雨表姊忙著對抗伍秋陽，所以在我有限的名單中，就只剩下了你。」

「妳忘了還有韓東延？」

「你這個狠心的男人。」

「秋陽不是常說，直視問題才能解決問題，妳就多見他幾次面，說不定就會明白了。」

「我常常看你為什麼還是什麼都不明白？」

「要明白什麼？」

「不知道，就是不知道才覺得莫名其妙，總是會莫名其妙的想起你，仔細想想好像很久之前就這樣了，雖然我想應該只是不小心建立起『遇到困難或者難過就找傅齊動』的信念，但最近明明就沒發生什麼事，還是動不動就想起你。」抬起眼我才發現傅齊動正直勾勾的注視著我，「看、看什麼，不要誤會也不要胡思亂想，我對你一點興趣也沒有，我沒有忘記你要我不能喜歡上你，再說，我的喜好很正常。」

他撇開眼，乾脆的忽視我。

「生氣了嗎？」往右移動一點，在貼近他的手臂之前他轉過身用食指抵住我，「沒人教過你不能這樣對待一個女人嗎？」

「沒人教過妳不要有事沒事就靠近一個男人嗎？」

「是朋友又沒關係。」

「我沒有把妳當朋友。」

傅齊動話語落下的瞬間我的身體忽然僵住，我想這猛然的停頓確實透過他的指尖傳遞到他的身上，他收回手，移開視線之後又再度拉回，像是想解釋些什麼，卻又找不到適當的詞彙。

「這樣隨便說幾句妳就要哭了嗎？」

「我沒有。」

「那掉下來的是什麼？」

——是什麼？

摸了摸自己的臉頰才發現掌心被沾濕，我不明白，明明就能將他的話解讀為玩笑，理智上也這麼說服著自己，但我無法克制的感情，甚至該說是我還來不及意識到的感情，就已經將體內的水氣擠了出來。

「我沒有哭。」

「紀海音。」

「就說了我沒有哭。」

傅齊動有些無奈的嘆了氣，拿了張衛生紙遞到我面前，我揮開他的手胡亂以衣袖拭乾淚水，側過身不想讓他看見我的表情。

因為連我也不知道自己現在是什麼樣的表情。

「對不起。」

「沒事幹麼道歉。」

「既然沒事妳就轉過來。」

「我現在不想看見你的臉。」

「紀海音。」不要理他，我不要理他，但他卻沉默了下來，該不會就這樣乾脆得不理我了吧？才剛這麼想就聽見傅齊勳帶有妥協意味的口吻，「海音，我只是開玩笑的——」

我猛然轉過身，湊近他的面前：「你剛剛說什麼？」

「我說、我只是開玩笑的。」

「不是這個。」

「我只有說這個。」

「你剛剛喊了我的名字。」

「所以呢？」

「再喊一次。」我撐大眼睛盯著他，「再喊一次就原諒你。」

他嘆了一口氣。

「紀海音。」

「不是這個。」

「妳還有其他名字嗎？」

「嘖、你真是……去掉姓。」

他又嘆了一口氣。這次非常的明顯。

「海音。」

「再一次。」

「不要得寸進尺。」

「喊名字是朋友的象徵，那、我以後也叫你齊動吧。」

「我不想聽見。」

「齊、動。」

「妳果然跟秋陽是同一種類型。」

「才不是。」我不懷好意的扯開燦笑，又往他靠了一點，「齊—動——」

忽然我重心不穩整個人倒在傅齊動的身上，貼在他身上的事實很快的讓我和他之間顯得有些微妙，我的喉嚨有些乾渴，我以為他會立刻推開我，但他沒有，於是我和他就定格在相當尷尬的瞬間。

對望。

太過貼近的對望。

「傅齊動……」

像是什麼也沒有一樣他扶起我，我喝了一口冷掉的茶，試圖平息自己的心跳，像是，我以眼角餘光瞄著走往廚房的他，我和他之間應該什麼也不存在，他卻如同掩飾一般的移開目光。

傅齊動想掩飾的到底是什麼？

但我卻沒有探究的勇氣。

「我該回去了。」站起身，趁他還沒走回客廳之前我拿起背包，「不用送了，你記得繼續冰敷。」

然而我正旋開門把時，傅齊勳拉住了我的手。

「你、你做什麼？」

「外套。」

鬆開我的手，他的抓握卻在那瞬間更加不容忽視，傅齊勳把外套遞給我，用著有些僵硬的動作接過外套，覺得自己應該俐落的轉身離開，卻難以動彈。

我和傅齊勳之間，似乎有些什麼，在我能理解、甚至在我意識到之前就已經存在，並且在稍微察覺以後以更加無法收拾的姿態蔓延開來。

然而他是傅齊勳。

「我送妳回去。」

「不用了。」

但他沒有理會我的意思，走到我身旁逕自打開了門，我只能跟在他身後，安靜的走著。

「紀海音，妳下次不要做蛋捲了。」

「這次是玉子燒。」

「那是一樣的東西。」

「其實有點不一樣……」

為了阻止我的說明，泰迪非常乾脆的塞了一塊玉子燒進我嘴裡，我才咀嚼了幾下，強烈而難以形容的微妙感便充斥在我口中，勉強吞嚥下之後，我決定放棄任何解釋。

「妳又在心神不寧什麼了？」

「沒有啊。」為了強調我刻意加重了語氣，「什麼都沒有。」

泰迪不是會追問的類型，他瞄了我一眼之後便將注意力轉回手邊的稿件，趴在桌上我觀察著泰迪的側臉，「紀海音，我對女人沒興趣，就算妳死命盯著我看，也不會有任何結果的。」

「泰迪。」

「怎麼？」

「你有沒有明知道這個人和你不可能，卻還是想喜歡他的時候？」

「當然有，而且多的是，但感情跟現實往往是衝突的，妳可以選擇感情，也可以選擇現實，但就我的立場，雖然不喜歡耗費太多力氣，但不耗費一定程度的力氣，是絕對沒辦法好好面對現實的。」

韓東延或許也抱持這相同的心情，所以拚命的往前奔馳，一部分的自己想抓住對方的手，另一部分的自己卻設法消耗自己太過濃烈的感情，為了得到而奔跑，也為了放棄而奔跑。

「我覺得自己應該盡早給韓東延一個答案，可是卻不知道該給他什麼答案。」
「說不定答案不在妳身上，而是在他身上。」
「嗯，大概，可能是也可能不是，感情這種事說簡單很簡單，說複雜也很複雜，很多人相愛卻沒辦法相處，也有很多人在相處之後才慢慢喜歡對方，像是戀愛結婚，或是相親結婚，即使是同一個女人，面對不同男人也會有不同的想法。」泰迪將視線定格在我的臉上，「既然沒有很強烈的『我就是喜歡這個人』、或是『這個人絕對沒辦法』，但就相處看看，雖然沒那麼喜歡也可以慢慢變得很喜歡，也可能相反，本來有點喜歡但逐漸沒有感覺，設法做點什麼總比在原地自己轉來轉去強得多。」
「嗯……」
「人的感覺不可能一直都那麼敏銳，也許以前妳很清楚就能知道『我就是喜歡這個人』，那也不代表永遠都會如此，何況，妳抵抗愛情那麼久，多少會有點副作用，說不定越是想要的愛情，妳就下意識的想抗拒。」
「你想改行當心理師嗎？」
「沒興趣。」
「據說旁人都會看得比自己清楚，那、泰迪大師你——」
「就算知道也不告訴妳。」泰迪揚起相當不懷好意的微笑，「這樣多沒樂趣。」
「真是惡毒。」
「有什麼辦法，反正本來就與我無關。」

「我改天去問千碧。」

「隨妳高興，但她擺明就是站在韓東延那邊，她也就只會給妳『韓東延很 OK』的回答。不然，妳去問問那個冰山，說不定他會有不同的意見。」

「他才不會理我。」

「這樣啊……那把他的電話給我，我替妳問他。」

「你不要再覬覦傅齊勳了。」

「喜歡就要爭取，我可是在示範給妳看吶。」

我不明白為什麼，他撇開眼的那瞬間，我會感到如針扎一般刺痛，強烈，俐落，毫無偏移的刺進最柔軟的核心，卻也由於太過微小所以找不到傷口，只能感受著那隱約的疼痛，卻看不見為何而痛。

雖然知道千碧很早以前就站在韓東延的陣線，沒想到她會倒戈得如此徹底。

才剛踏進咖啡店就看見韓東延的身影，他扯開禮貌但有些克制的微笑，神色有些許的緊繃，也許是害怕自己突兀的出現破壞了他對我的承諾；但千碧朝我走來並且愉快的拉著我走，一邊咬著耳朵，說著「妳這樣人家多可憐」，最後我被塞進韓東延右邊的空位，千碧和泰迪又自動的移往隔壁桌。

「抱歉，這樣突然出現。」

「應該是千碧打電話給你吧。」

「嗯，但我應該要拒絕的，只是……」他深深看了我一眼，話語中似乎帶著延伸，然而韓東延卻沒有繼續解釋，「希望我離開的話，我會立刻離開。」

「算了，我也想早點給你答案，如果一直避開你的話，說不定拖再久也還是無解。」

「看妳這麼猶豫的樣子，雖然很心疼，但其實我真的很高興。」

「沒什麼好高興的，我只是……」只是什麼一時間我也說不上來，只能灌下冰涼的白開水，自己得到一點舒緩，「總之，不要得寸進尺。」

「有點難，但我會盡力。」

「感覺真不錯，乾脆直接在一起好了。」千碧端來水果茶同時附送曖昧的表情與感想，「Fighting！」

瞪了千碧一眼，移回視線後不期然迎上韓東延溫柔而帶著強烈熱度的淺笑，他不發一語的盯望著我，並不是為了看穿我，而是為了讓我看見他。

我的身體裡逐漸擴散著隱約的熱度，斂下眼我一口氣喝光了水杯裡的水，撥了撥頭髮，試圖遮掩住泛紅的臉頰。

「不知道是不是因為太久沒見到妳了，突然覺得妳更動人、更讓人移不開視線了。」

「閉嘴。」

「海音——」

「不要那樣喊我。」

「很熱嗎？」我咬著唇，以為韓東延會繼續調侃我，但他只是站起身，「我替妳倒點水。」

「真不懂妳在矜持什麼。」韓東延才剛離開座位走往櫃台，千碧便湊了過來，「這樣不是很好嗎？韓東延那麼喜歡妳，看妳臉紅的樣子，也不是無動於衷，乾脆——」

「妳不要進去攪和。」

千碧話還沒說完就被泰迪打斷，彷彿救援一般泰迪直接把她拉回座位，但我還來不及放鬆，韓東延像是接力一樣走了回來。

「總感覺，妳有點不太一樣。」

「哪裡不一樣？」

「說不上來，就是感覺，但是往好的方向，也是往讓人更喜歡的方向。」

「你通常都是這麼跟女人說話的嗎？」

「只對喜歡的女人說這種話。」他揚起眩目的燦爛笑容，「對於特別喜歡的女人，更加沒辦法克制。」

「韓東延——」

「就連妳警告我的語氣，我都一樣喜歡，老師，妳說我是不是生病了？」

「對，所以趁還有救的時候，千萬不要放棄治療。」

「病入膏肓也無所謂。」他仍舊帶著笑，眼底卻透著無比認真的流光，「人偶爾會遇上讓自己覺得耗盡一切也無所謂的事，但這種偶爾非常稀少，是異常珍貴卻又極端危險的偶爾，我可以逃跑，但面對這種偶爾的時候，人是連一個瞬間都不會想起『可以逃跑』這件事的。」

韓東延的口吻輕輕淡淡的，像是說著一件理所當然的事，我的體內屬於五年前自己的部分正微微顫動，從起初到現在，在我眼前的韓東延對我而言始終不只是韓東延，更是我自身的映現。

因而我不斷抗拒，無法直視他的真誠與率直。

卻也，反覆被他拉扯著我的感情，一點一滴將藏匿在深處的自我喚醒。

或許這個男人所遞出的，正是我期盼已久、最純粹的愛情，那麼我又為什麼要逃躲和抗拒呢？

凝望著韓東延深邃的雙眼，有那麼一瞬間他的輪廓忽然顯得模糊，卻在眨眼之後又變得清晰；斂下眼，我想，將心思膠著在動搖之上不過讓自己更加舉步維艱，人總是會動搖的，所以才會如此期盼另一個人堅定的力量。

「韓東延，」我說，緩慢卻盡可能堅定的說，「下星期記得來上課。」

「海音……」

「上課的時候不要那樣叫我。」沒有讓他有回應的時間，我果決的站起身，「我要回家了。」

「我送妳回去。」

「不要，現在不要。」

於是我抓了背包就往外走，心臟劇烈的跳動著，呼吸也顯得急促，腦袋有些發脹，我聽見千碧接近歡呼的聲音在背後響起，不要去想，什麼都不要去想。

只要往前走就好。

然而一味的往前走也不知道該往哪邊去。

稍微冷靜下來之後，我發現自己並不是在回家的路上，居然莫名其妙的踏上到傅齊動住處必經的人行道，還有一大段距離，何況上班時間他根本不可能在家；儘管這麼想著，我卻又開始往前移動，最後繞進附近的便利商店。

很好，有冷氣有食物還有店員絕對不會趕人的座位區。

我買了一杯不加糖的拿鐵和一盒巧克力棒，恰巧發現透過玻璃能夠清楚看見人行道，只要傅齊動出現絕對不會錯過，咬下巧克力棒，斷裂的聲響相當清脆，托著下巴我一邊望著來去的行人，一邊想著自己的行為真像變態。

這跟韓東延無尾熊有什麼兩樣，我只是稍微聰明一點坐下來等，不對，韓東延在巷口打轉是為了傳遞他的感情，那現在的我到底想做什麼？

不知道。

只是自己剛剛衝動的決定往前跨步，心緒不定的狀態下想得到他一點支持，這樣很好，如果他這麼說的話，說不定我會更有勇氣。

這樣很好。

不知道為什麼，想像他這麼說著的口吻就讓人心情不快，我把手上的半截巧克力棒通通塞進嘴裡，起身走向雜誌架，選了一本雜誌付過錢之後盡可能讓自己的注意力定格在內容，但我一下子抬起眼瞄往人行道，一下子想起韓東延的淺笑，重看了三次還是不知道雜誌到底在寫些什麼。

但時間因而過得非常快。

注意到的時候天已經暗了下來，傅齊勳似乎還沒下班，說不定這是上天的指示，讓我不要過度打擾他的生活，於是我決定，從一數到十，假使傅齊勳沒有出現，就乾脆的離開。

一。

二。

三。

四。

五。

六——

「妳在這裡做什麼？」

六還沒數完，上方就落在冷淡的聲音，抬起頭站在我後面的果然是傅齊勳，我扯開有點心虛的微笑，「吃嗎？巧克力棒。」

「妳家附近沒有便利商店嗎？」

「這間的咖啡比較好喝。」

真是爛藉口。但傅齊勳居然沒有反駁，乾脆的轉身打算離開超商，抓著垃圾快速扔進垃圾筒，我旋即跟在他的身旁。

「你怎麼知道我在這裡？」

「妳以為自己很不顯眼嗎？」

「你的意思是，在你眼中的我是閃閃發亮的存在嗎？」

「不要自我感覺良好。」

傅齊動開了門，雖然覺得應該有女人的矜持，但既然是朋友，而且是困擾的朋友，就沒必要顧慮那麼多了。於是我相當自動的進門，還很周到的替他鎖好了門。

「又想做什麼？」

「就說了是那間超商的咖啡比較好喝……」

「紀海音。」

「沒事就不能來找你嗎？」

「妳哪一次來找我是沒有麻煩的？」

我好不容易積攢的氣勢瞬間被熄滅，理屈的我只好認分的在沙發上坐好，但還是以他能夠聽見的聲音喃喃說著：「如果沒事出現的話像你這種冷淡的類型說不定會直接把我關在門外，這樣，就算偶爾想來找你喝個茶或是聊天什麼的，也會打消念頭好不好……」

「紀海音。」

「才沒什麼事，我只是、只是覺得重要的事應該要告訴朋友，所以來告訴你，我決定給韓東延機會。」彷彿像辯解一般我接著說，「不是答應的意思，只是覺得好像可以嘗試看看，就、就這樣。」

低著頭我不敢望向傅齊動，明明想尋求他的肯定，卻又不想面對他的表情。

真是莫名其妙。

「不說點什麼嗎？」

「要我說什麼？」

「做得很好啦、加油啦，或是，或是……反正就應該說點什麼嘛。」

「妳開心就好。」

「這什麼感想？真讓人火大。」

抬起頭，卻恰好迎上傅齊動的注視，也許他一直是這麼看著我的，我忽然感覺有些不自在，咬著唇卻移不開視線。

先撇開眼的是他。

我不明白為什麼，他撇開眼的那瞬間，我會感到如針扎一般刺痛，強烈，俐落，毫無偏移的刺進最柔軟的核心，卻也由於太過微小所以找不到傷口，只能感受著那隱約的疼痛，卻看不見為何而痛。

又或者——

不，這不會是可能的選擇。

紀海音之所以能毫無顧忌的闖進傅齊動的生活，是因為我和他之間存在著不容跨越的前提，沒有可能，更不會有愛情，無論多麼貼近都一樣。

這是傅齊動容許紀海音的前提。

「我、想到還有點事，所以……」

「我是真的覺得妳開心就好。」他忽然這麼說，但視線卻始終沒有落在我身上，「因為妳哭起來很難看，所以還是笑著比較好。」

傅齊動的聲音繞著我的腦中揮之不去。

即使我身邊有著另一個男人我也還是擺脫不了他。

「怎麼了嗎？」

「沒有。」

「妳的注意力一直不在我身上，我有點難過。」韓東延彷彿說著玩笑一般，停下腳步站在我面前，他彎下身，將臉湊到我面前，「如果要這麼看妳才能得到妳的注意，我一點也不介意。」

「不要靠那麼近。」

「就是不由自主想靠近喜歡的人，我也沒有辦法。」

想靠近。喜歡的人。

韓東延的眼裡像是多了些什麼，卻在我能夠分辨之前又被巧妙的藏匿，他帶著笑，以自然的動作整理了我被風吹亂的前髮，指尖輕輕滑過我的臉頰，留下若有似無的溫度。

「即使讓自己成為卑鄙的人，也還是想靠近。」他說，或許他指的是他所扮演的Sean。「就算自己非常討厭卑鄙的人，卻有著成為那樣的人也無所謂的念頭，因為，那或許是唯一我能趨近妳的路途了。」

「韓東延……」

「無論如何，我會努力、非常努力的，讓妳看見我，然後有一天，妳的眼裡就只會有我了。」

如果沒有那一天，你會很痛的。

盯望著始終笑著的韓東延，有一點心疼，又有一點愧歉，明明理智告訴自己「這個男人值得愛、也能夠讓我得到幸福」，我的手卻仍舊緊緊握著拳，任憑自己深陷於搖晃之中。

假如你是 Sean，站在你面前的我同樣會如此猶豫嗎？

「妳繼續這樣盯著我看，我就要吻妳囉。」

「不要靠近我。」

「我會盡力。」

韓東延愉快的笑著，在我身旁的他總是顯得如此快樂，又或許，在保持距離的同時他也同樣盡力的藏匿他的感情，為了讓我安心，為了讓我感到幸福，所以總是笑著。

「韓東延，」我輕輕喊著他的名字，「待在我的身邊，真的能讓你覺得快樂嗎？」

「嗯。」他應了聲，沒有說更多的話，只給了我淡淡的笑。

「但是我——」

「海音，能像這樣待在妳身邊，我很快樂，但我不會說謊，偶爾我會感覺到難受，又或者是酸澀，我一直認為愛情裡一旦存在著太多苦澀，趁早割捨會讓回憶比較美好。」

他輕輕的笑卻染著濃濃的感情，「但是，我現在才明白，真正美好的愛情，就連苦澀，也會讓人甘之如飴。」

我只能凝望著他。

安靜的。

「其實我也不懂為什麼，明明我和妳之間像是什麼也沒有，卻因為沒有習慣、也沒有更多其他的東西，反而更加純粹，更加讓人無可自拔。」

「你看見的，或許是愛情，而不是我。」

「也許，但如果沒有妳，就不會有這份愛情。」

韓東延斂下笑，抬起手輕柔的撫過我散亂在耳際的髮，忽然他踏過我和他之間的空白，來到我的面前。

更貼近的面前。

他低下頭，在我額際溫柔的落下一個吻。

然後輕聲的說：

「海音，我真的，很喜歡妳。」

21

我的話語還沒落地，卻早已聽見某些什麼摔落的聲音，傅齊動和我沉默的站在客廳中央，彷彿膠著於難以移動的凝滯之中，卻又像流沙，我感覺自己的意志逐漸被吞沒，越掙扎越陷落。

或許韓東延就是我的答案也說不定。

我把這樣的結論告訴泰迪時，他只是簡單的應了聲，連感想也沒有。但我也不想聽千碧的感想。

雖然想見傅齊動，但總感覺我和他之間存在著微妙的尷尬，一種難以說明的凝滯，不很明顯，卻讓人難以呼吸。

更何況，這是與他無關的愛情，更不應該硬拉著他攪和。

門鈴忽然響了。

瞄了眼掛鐘，將近十點的微妙時間，帶著納悶我往玄關走去，透過貓眼確認門外的人，呼了一口氣之後我轉開了鎖，沒有打算替對方開門的意思，反正他會自己開。

「這麼晚來做什麼？」

「怕妳以為我不愛妳，所以來看妳啦。」

「我不介意你把所有的愛通通給其他人。」

「口是心非。」伍秋陽愉快的摸著我的頭，還是像狗的那種，特別是對待大型犬的那種，「沒有什麼近況要跟妳表哥我報告的嗎？」

「我的近況很普通，沒有什麼不一樣。」

伍秋陽分明掌握了消息，不要說非常好套話的千碧，泰迪也和伍秋陽建立起相當良好的關係，韓東延的事伍秋陽不可能不知道，能忍到現在才出現，他也算努力了。

「那我報告一下我的近況吧。」

「我不想知道。」

「但是我想說。」伍秋陽扯開笑，接著他用著輕淡的口吻隨口說了一些無關緊要的話，最後，他提起傅齊勳，「……最近齊勳心情好像有點差，不久前擺脫悲慘失戀狀態後稍微回復正常，可能還比正常狀態更好一點，但最近不知道發生什麼事，又有點鬱悶，而且無論怎麼威逼利誘他還是堅持回答『沒事』，妳知道點什麼嗎？」

我根本沒發現傅齊勳心情不好，居然還大言不慚的說是他的朋友。

「我不知道。」

「是嘛。」伍秋陽似乎也沒有特別想從我這邊得到答案，他聳了聳肩，旋即轉了話題，「交往之前記得帶來給表哥看看。」

「交、交往什麼？」

「不是有個進展不錯的男人嗎？」

「我也不知道什麼樣才算是不錯。」

默默嘆了口氣，伍秋陽不知道什麼時候移到我身旁，他伸手攬住我的肩，我順勢靠上他，把所有的重量都壓在他身上。

「明明是個很好的男人，也毫無保留的遞出他的感情，我也不是沒有動搖，但就好像，晃動的程度不夠大，也不是，應該說是，沒有徹底動搖到最深處的什麼，但究竟是什麼，我也不知道。」

他輕輕拍著我的肩，彷若無聲的安撫。

伍秋陽其實非常的溫柔，雖然大多時候都以讓人煩躁的方式擾動著我的心緒，然而最根本的部分是安心的，因為清楚他的關心與深深的愛，沒有任何懷疑也不存在著不安，無論多麼討厭，還是相信著他同時愛著他。

或許，讓我始終搖擺不定的，是因為韓東延並沒有觸動到那根部，又或者、是我還看不清存在於核心的輪廓。

可能是韓東延，也可能、不是。

「以我的立場來說，當然通通拒絕掉最好，但我答應過夏雨，不能再進行破壞，雖然非常無奈，不過還是提供妳一點經驗談好了。」我不自覺笑了出來，伍秋陽總是像過度溺愛女兒的父親，明明就是個年輕男人。「猶豫的時候大多數的人都會僵持在原地掙扎，但其實眼前擺著的只有兩個選擇，一個就是接受、另一個就是丟棄，接受之後發現不是自己要的就想辦法處理乾淨，丟棄之後萬一領悟那才是自己的渴望就再次追回來，當然會有處理不乾淨或是追不回來的可能，這就是人生。不然這世界上就不會有後悔、遺憾、傷害，或是失戀、拋棄、離婚這些存在了。」

「嗯……」

「海音，不要詢問別人自己該接受還是該丟棄，不只因為這是妳的人生，更是因為要讓妳自己沒有推卸責任的餘地，所有的選擇都是自己做出的決定，就算面對逼迫，也是有抵抗的選項，縱使明白抵抗的結果百分之百會失敗，但這也不是藉口。」他笑著說，「更何況，不就是談個戀愛，不喜歡就把對方甩掉，我絕對支持妳。」

「你就不能懷抱正面一點的心思嗎？」

「那些男人對妳懷抱著那麼邪惡的思想，我何必對他們友善。」

「什麼邪惡，你自己還不是騙了很多女孩子。」

「我是很邪惡啊。」伍秋陽相當乾脆，「不管有多麼濃烈的愛，都掩蓋不了裡面包藏的邪惡感。」

「真是……」

「不過，有一件事要拜託妳。」

「什麼事？」

「齊動的生日驚喜。」

「生日驚喜？他什麼時候生日？」

「明天。」

我實在不懂伍秋陽想整的究竟是我還是傅齊動。

迫於無奈我站在他家門前，捧著傍晚烤好的蛋糕，右手懸在半空中就是按不下門鈴。

但門自己開了。

不是，是傅齊動開的。

「呃……」

「秋陽打電話給我，說妳沒有手按門鈴。」

我立刻收回懸在半空中的手，扯開心虛的微笑，捧高要給他的生日蛋糕：「生日快樂。」

「秋陽呢？」

「他說會晚一點。」

跟在他身後，我死盯著傅齊動的背影，雙手不自覺微微顫抖，咬著唇想讓自己鎮定一點，但是沒有辦法，伍秋陽根本是在為難我。

昨晚伍秋陽以相當興奮的口吻闡述他「偉大的驚喜」，其實很簡單，就是要我向傅齊動告白。

想當然耳傅齊動會拒絕，然後我就假哭，並且將手伸進口袋偷偷按下設定好的撥號鍵，伍秋陽就會若無其事的現身，裝作非常驚訝的模樣質問著傅齊動，在他百口莫辯之際，我就躲在傅齊動的身後進行拉炮，讓彩帶垂落在他的身上。

伍秋陽真是滿滿的惡趣味。

據說伍秋陽本人親自告白這一招在幾年前就已經用過，當時似乎沒有很成功，因而讓伍秋陽記懷到現在。真是同情傅齊勳。

深呼吸，如同伍秋陽說的，就當作練習，不管是要接受或者拒絕韓東延，都需要這點程度的練習。

雖然，我會妥協的理由是受到極大的脅迫，但我連想都不願意想起。

「傅齊勳，我、我有話想對你說。」

「嗯？」

「其實、其實我……」

我的聲音卡在喉頭怎麼也擠不出來，不久前還流暢的背誦過擬好的稿，然而迎上他的目光，那些準備都化作煙霧，飄散在空中。

只要對他說出喜歡就好。

空白的意識中浮現的只有這句話。

因為這是計畫。是驚喜。

所以要對他說。

「我喜歡你。」

我的話語還沒落地，卻早已聽見某些什麼摔落的聲音，傅齊勳和我沉默的站在客廳中央，彷彿膠著於難以移動的凝滯之中，卻又像流沙，我感覺自己的意志逐漸被吞沒，越掙扎越陷落。

傅齊動以深不見底的目光注視著我，臉上沒有任何可供解讀的表情，我緊緊握著拳，終於抓住理智的尾巴，我反覆告訴自己，這是一場惡趣味的驚喜。就只是騙局。

忽然傅齊動收回視線，有些什麼毫不留情的劃過我意識的邊緣，我試圖說些什麼，卻連單音也擠不出。

打破沉默的是他。

「又是秋陽的『生日驚喜』嗎？」

他轉過身彷彿一點也不在意的準備起餐具，盯望著他的背影，也是，傅齊動當然會看穿，也當然不會將我的話語當真。

到此為止比較好。我這麼想。

儘管這麼想著，我的感情卻暴烈的擠壓著理智，眼前的這個男人，打從一開始，在我和他還距離得非常遙遠的時候，他早已劃下一條不容侵犯的界線。

關於他的愛情。

無論我容許妳靠得多近，但只要是屬於我愛情的周圍，連碰觸的欲望都不要有。因為不會給妳。

對於一個男人和一個女人而言，或許這是最安全的狀態，能夠安穩的待在朋友的區塊，可以毫無顧忌的闖入對方的生活；然而此刻的我卻感到極大的躁動與不快，我不明白，起初由於這道界線感到相當安心的自己，卻站在界線外獨自生著悶氣。

然而我沒有反駁的餘地。

那本來就是他的。不是我的。

「跟伍秋陽沒有關係。」我的聲音以我不能控制的姿態緩慢而清晰的滑出，帶著隱微的顫抖，或者試探，其實我不那麼明白，自己想試探些什麼，為了百分之百確認這個男人是安全的，又或者、試圖挑戰兩個人的臨界。「他的確是這麼計畫，但我沒有配合的必要，本來想著，萬一被無視就愉快的說『被拆穿了真是沒辦法』，只是，人的心根本無法依照計畫進行，至少，不想被你無視，傅齊勳，我不是在開玩笑。」

「紀海音，不要玩這種遊戲。」傅齊勳的語調比平日更加冰冷，黏附著壓抑的警告，「結果不會是妳想要的。」

「你說，我不想要的結果是什麼？」

問號之後巨大的沉默隨之而來，空氣的密度彷彿增加了十倍、百倍，不應該是現在這個樣子，和計畫不一樣，也和我期望的不一樣。

站在這裡的紀海音所做的一切，彷彿像另外一個陌生的女人，我不明白，卻卡在糾結的繩結裡，動彈不得。

傅齊勳放下手中的刀叉，清脆的響音迴盪在屋子裡，然而那如同一種映襯，突顯了沉默的存在；毫無預期他朝我走來，一步，兩步，三步的距離，跨越了常識上的理解，同時扭曲了對距離的認知，他的移動不只是移動，像是颶風般的破壞。

毀壞的一個男人和一個女人所自以為的安全。

傅齊勳扯住我的手臂將我拉往他的方向，他傾下身將冰涼的唇貼上我的，睜大雙眼我盯望著眼前的畫面，他的雙眼同樣迎上我，這個吻與愛情無關，而是一種懲罰。

對於試圖越界的懲罰。

他猛然鬆開我的手，唇上還留有屬於他的觸感，他凝望了我很長一段時間，最後說。以太過冰冷的語調。

「我不想要這種生日驚喜。」

我好像激怒了傅齊勳。以最不恰當的方式。

幾乎以被驅逐的姿態我離開他的住處，伍秋陽打來的電話我也沒接，走到半路就感覺耗盡了所有力氣，於是靠著圍牆蹲了下來，接著眼淚安靜的滑落。

狀況好像往我沒辦法控制的方向失速奔馳，我突然很害怕，害怕那並非脫稿演出，而是藏匿在我內心深處，包裹著強烈欲望的劇本。

「海音？」

熟悉的聲音拉回我的思緒，胡亂的以手拭去頰邊的淚痕，我沒有抬頭也沒有起身，縱使是不明的微光之中，我仍舊害怕會被輕易看穿。

最後他在我身旁蹲了下來。

輕輕將手搭在我的肩上，以相當溫柔的方式拍著，才剛止住的淚水又猛然掉落，咬著唇我不讓自己哭出聲，但如此的壓抑或許讓疼痛更加膨脹，也讓試圖安慰的人更心疼。

於是他將我攬進懷中。

「沒關係，我會幫妳把臉遮住，沒有人會知道哭得亂七八糟的人是妳。」

「都是你害的……」

「我會讓妳揍個幾拳，像夏雨一樣把我當沙包我也不會擋，嗯？」

「就跟你說我不要，什麼生日驚喜，現在惹傅齊動生氣，我也、我也變得亂七八糟的……」轉過身我撲進伍秋陽的懷裡，緊緊抓住他的襯衫，「我不知道為什麼會這樣，一開始也覺得很有趣，可是突然，不知道從哪一點開始，全部都變質了……我不知道，什麼都不知道……」

「現在就不要花心思想那麼多了，沒關係，真的沒關係。」

「傅齊動生氣了怎麼辦……」

「他只是生氣，但妳哭了不是？怎麼看都是他的錯，妳放心，不管是誰引起的，我都會讓齊動認錯。」

「明明就是你惹出來的。」

「對、是我，但反正我還是會讓他認錯。」真是莫名其妙，但我居然笑了出來，「又哭又笑的，我送妳回家，早點休息，明天醒來就沒事了。」

「我走不動。」

「那用滾的吧。」

「你揹我。」

伍秋陽淺淺的笑著，乾脆的揹起我，雖然看不見他的表情，卻能清楚感覺到他的存在，我忽然想，說不定伍秋陽的計畫並不是給傅齊勳的生日驚喜，而是為了讓我更接近自己的核心。

讓我察覺，我所必須釐清的並不只有韓東延，還有最靠近卻最看不清的傅齊勳。

「妳很久沒有這樣撒嬌了，果然還是發現這世界上最好的男人就是表哥了吧。」

「才不是。」靠在他的肩上，我輕輕闔上雙眼，「你一直都知道對吧，前男友的事。傅齊勳也知道。」

「被發現了嗎？」

「所以，才讓傅齊勳見我嗎？」

「到底是為什麼呢……」

「不要裝傻。」

「我的心思是什麼並不重要，任何人想些什麼、或者想做些什麼也不重要，人生終究是妳的。」

「表哥。」

「嗯？」

「替我、跟傅齊勳說生日快樂。」

「我不要。」他說，「被轉達的心意總會讓人感覺少了些什麼，妳親自對他說，齊勳會比較高興。」

「可是他在生氣。」

「齊勳不是會記恨的人，而且意外的好解決，無賴一點他就拿妳沒轍了。」伍秋陽讓我落地，接著摸摸我的頭，「不要想東想西，也不要過度猶豫，直接走到齊勳面前，自然就會有對付他的辦法了。」

22

我的精神像是從幾千英尺高垂直墜落到堅硬無比的地面，縱使這是我和他之間的前提，也已經聽過他親口對我說；然而現在的我卻感到非常難受，不是起初的不悅，而是揉合著疼痛的悶脹。

但傅齊勳先出現在我面前。

他神色緊繃的站在甜點教室外，正打算送我回家的韓東延彷彿察覺到什麼，理解的表示他先到附近的便利商店買點東西，讓我能和傅齊勳獨處。

「昨天……」

「對不起。」

我有些詫異的望著傅齊勳，他乾脆的道歉落在我的掌心裡，明明不是他的錯，「伍秋陽逼你來道歉嗎？」

「他什麼都沒說。」

「該道歉的其實是我，真的是很糟糕的生日驚喜，難怪你會生氣。」我深深呼吸，盡可能平緩的說，「玩笑開得太過分了，所以，所以……」

所以我會努力忘記那個吻。

「還有，生日快樂，昨天也忘記說。」

「紀海音。」

「嗯……」

「把頭抬起來。」

猶豫了幾秒鐘之後我緩緩的抬起頭，有些退縮的望向他的眼，傅齊勳以複雜的目光注視著我，彷彿想說些什麼，最後卻只剩輕如薄霧的喟嘆。

「我、我差不多該走了，韓東延大概在超商繞一百圈了，所以——」

「我的話還沒說完。」

「還有什麼話要說嗎？」

「我不喜歡妳昨天開的玩笑。」

「我知道……」

「但接下來我說的話不是玩笑。」傅齊勳用著極其認真的口吻，對於他即將投擲出的言語，我的神經彷彿扯到最緊的臨界，等待著，「我說過我不會喜歡妳。」

我的精神像是從幾千英尺高垂直墜落到堅硬無比的地面，縱使這是我和他之間的前提，也已經聽過他親口對我說；然而現在的我卻感到非常難受，不是起初的不悅，而是揉合著疼痛的悶脹。

什麼聲音都擠不出，只能用力咬著唇，忍耐著眼眶中的水氣，安靜的注視著他。

「但是我做不到。」

「什麼？」

「所以，不要再開那種玩笑。」

在我確切理解傅齊動的話義之前，他已經乾脆的轉身離開，回過神來就只剩下逐漸縮小的背影，我就這樣盯望著，直到他完全踏出我視野之外。

——但是我做不到。

僵直的站在原地，又花了很長一段時間我才終於理解，傅齊動所說的，他做不到不會喜歡我，所以，他的吻，並不是我以為的懲罰，而是……

我不自覺撫著唇，那冰涼的觸感彷彿還貼附其上，我的思考陷入混亂的狀態，儘管理解了現狀，卻還沒完全反應過來。

因為那是傅齊動。

「海音？」

「什麼？」

「他走了嗎？」

「嗯。」

「發生什麼事了嗎？」

抬起眼我的視線落在韓東延充滿關心的臉龐，他的輪廓突然顯得有些模糊，我伸出手試探般的貼放上他的臉頰，溫熱的感受旋即傳遞而來。

「海音？」

「我──」

韓東延的掌心貼上我的手背，我微微一顫，像是這瞬間才意識到現狀，瞪大雙眼仔細注視著眼前的男人。深深愛著我的這個男人。

「對不起……」

他的手彷彿有一閃而過的施力，近似於抗拒，也像是顫抖，然而他只是扯開唇角，跨前一步將我擁進懷裡。

「沒關係。」他的聲音彷彿來自於非常遙遠的彼端，像是Sean的口吻，他說：「沒關係的。」

23

於是我開始奔跑在安靜的街上，聽著自己的腳步聲與迴盪在意識之中的鼓譟，離得越近的人反而卻難以看清，我們總是以為自己比誰都還要瞭解，卻在某一天突然發現，自己從來沒有仔細的凝望身旁的風景。

我的動搖彷佛在一瞬間結實的落地。

韓東延安靜的陪我走回住處，在轉身之前他給我的，仍舊是爽朗的笑容；然而在他旋繞的弧度之中，我的胸口泛著濃濃的酸澀與心疼。

他始終等著我的答案，但偶爾得到的答案會與自身的期望相悖，大多數的人們總會毫無掩飾的展現自身的失望、哀傷或者憤怒，即使是自己必須承受的現實，卻蠻橫的逼迫對方承接自己的感情。

然而韓東延沒有，他安靜的吞嚥下滿溢的情感，放置在我掌心之中的，仍舊是他的溫柔。

以及他的愛。

我的淚水滲進他走遠的畫面裡，是我察覺得太晚，所以讓他不能盡早抽身，他所背負的疼痛，不只源自於他的愛，還有我的猶豫。

長久以來我所抗拒的，其實不是愛情，也不是韓東延，甚至不是自己。

而是、絕對不能喜歡上的傅齊動。

我的感情深陷於那不容侵犯的前提裡，以理智拚命對抗著自身亟欲浮現的感情，因為太過害怕失去，想著，堅定的相信著，一旦試圖踩過邊界，勢必會被驅逐，因而不能，無論如何都不能。

不能懷抱著藏匿著傅齊動的愛情。

我感覺被強迫壓制在最深處的感情一湧而上，在我體內恣意的膨脹，非常難受；我沒有轉身上樓，而是往另一個方向走去。

即使早一秒也好，我也想抵達傅齊動所在的彼端。

於是我開始奔跑在安靜的街上，聽著自己的腳步聲與迴盪在意識之中的鼓譟，離得越近的人反而卻難以看清，我們總是以為自己比誰都還要瞭解，卻在某一天突然發現，自己從來沒有仔細的凝望身旁的風景。

偶爾是仗恃著熟悉感，又偶爾是害怕，害怕自己會察覺那風景的畫面和自身的信念有著細微卻絕對的落差。

無論是多麼細微的落差，不能吻合的模糊，也許太過輕易就會翻覆自身的生活。或者生命。

終於我來到傅齊動的門前。

停下腳步我感覺著呼吸的劇烈起伏，深深吸著氣，也許我太過衝動了一些，但不憑藉著此刻的衝動，可能我永遠抵達不了這裡。

所以我按下門鈴。

然後等。

門緩慢的被拉開，傅齊動冷淡卻帶著些許詫異的臉龐出現在我面前，我筆直的凝望著他，稍微平穩的呼吸又變得急促。

「怎麼了嗎？」

「你真的，不是開玩笑的嗎？」

「妳就為了來說這個嗎？」

「這很重要。」

他有些無奈的看著我，短暫的停頓之後他終於說：「我不是幽默的人，妳應該知道這一點。」

「所以是你喜歡我的意思嗎？」

傅齊動沒有回答我，只是安靜的凝望著我，像是默認，又像是覺得這不是個需要回答的問題。

他的回答很重要，非常的重要，但我突然不那麼在乎了。

因為我已經走到這裡了。

以為永遠抵達不了的地方，自己已經離得那麼近，我忽然想起韓東延藏匿著哀傷的微笑，我明白，所以只能一動也不動的目睹著他的離開。

至少，我曾經離你如此靠近。

「傅齊勳，我喜歡你。」我的聲音帶著微微的顫抖，「這不是惡作劇，伍秋陽也不會突然出現，這裡只有紀海音，還有、紀海音想給傅齊勳的愛情。」

他輕輕嘆了一口氣。

「秋陽一定會把我扔進資源回收場。」

「什麼？」

傅齊勳沒有解釋，往前跨了一步，踏出劃分了門外和門內的界線，施力將我拉進懷裡，緊緊的抱著。

「傅齊勳……」

「你們伍家人一個一個都是甩不掉的麻煩。」

「就說了我不算伍家人。」伸出手我用力抱住傅齊勳，「伍秋陽把你丟掉之後，我一定會負責把你找回來。」

他長長的嘆著氣。非常明顯的那種。

淚水安靜從我眼角滑落，在他的懷裡我感到非常的安心，我想，在很早很早以前他就已經藏匿在我的心底，牽動著我的感情，察覺到的時候，自己已經深陷其中了。

「傅齊勳。」

「嗯。」

「你比較喜歡伍秋陽還是比較喜歡我？」

「紀海音。」

「這很重要。」

「妳真的想知道嗎？」

傅齊勳將我拉離他的懷抱，他的眉心稍稍皺起，像是覺得非常困擾，又或者我和伍秋陽正在他心中拉鋸。真是。

「你該不會真的要選伍秋陽吧？」

他沒有理會我，又嘆了一口氣，以相當無奈的姿態，「不要得寸進尺。」

得寸進尺？

「你——」

傅齊勳突然湊近，乾脆的吻住我的唇，儘管停留得相當短暫，但我的目光卻膠著在他總是缺乏表情的臉上。

「我送妳回家。」

於是我安靜的走在傅齊勳的身邊，凝望著他線條分明的側臉，這個男人始終很冷淡，傳遞而來的卻是能夠深深包裹住我內心深處的溫暖。

傅齊勳牽住我的手，彷彿太過自然的日常，我輕輕泛開笑，想著，你在這裡。

The End

後記

愛情的主體究竟是什麼？

是愛情自身、是你、是自己，又或者是彼此的想像與盼望？

我一點也不懂。

現在不懂，我想，久遠的以後也不會懂。

紀海音。傅齊勳。韓東延。或者許尚新。以不同的心思與猶豫漂浮在稱之為愛情的汪洋大海裡，拚命想抓住什麼，害怕自己溺斃，也害怕錯失之後便會漂流到遙遠的彼端。於是掙扎。

然而在海中的人們，越掙扎不過是越趨近沉溺。

在那當下大多數的人不會考慮這一點，總要到相當久遠的某天，像終於明白了什麼一樣；但那一天，也許，他和她早已經走到了極其遙遠的地方。像是紀海音和許尚新。

儘管描寫的篇幅並不多，但許尚新的存在打從一開始就藏匿在紀海音的心底，左右她每一步的移動，以及每一個決定。因為深深愛過的緣故。無論是些什麼，自己的體內、自己的生命之中勢必殘留著屬於對方的痕跡或者氣味，瘋狂奔逃也沒有用，因為那是影子，黏附在肌膚之上的影子，拚了命的逃不過是耗盡氣力而已。

當我們停下步伐，鼓足勇氣面對那道幽黑的影子，也許會意識到，影子的主體並不是對方，而是自己。

非常的艱難，也並不是每個人都能夠做到，所以紀海音花了那麼長的一段時間，也錯失了許多的可能；無論韓東延有多麼熾烈如火，無論傅齊勳有多麼沁入人心，只要紀海音一天沒有面對自己，她就看不見擺放在眼前的風景。

我想，每個人心中都有與紀海音相似的部分，或許她也拉出了藏匿在我心底的影子；儘管帶有些許恐懼與抗拒，我仍舊希望，能點燃比影子更亮的火光。

Sophia

All about Love / 21

舒芙蕾遊戲

國家圖書館出版品預行編目資料
舒芙蕾遊戲／Sophia 著.
一 初版. 一 臺北市 ： 春天出版國際, 2014.06
面； 公分. 一 （All about Love ；21）
ISBN 978-986-5706-23-4（平裝）
857.7

ISBN 978-986-5706-23-4
Printed in Taiwan

作　者　Sophia
封面設計　克里斯
內頁編排　三石設計
總編輯　莊宜勳
企劃主編　鍾靈
責任編輯　黃郁潔

出版者　春天出版國際文化有限公司
地　址　台北市信義區信義路四段458號3樓
電　話　02-7718-0898
傳　真　02-7718-2388
E－mail　frank.spring@msa.hinet.net
網　址　http://www.bookspring.com.tw
部落格　http://blog.pixnet.net/bookspring
郵政帳號　19705538
戶　名　春天出版國際文化有限公司
法律顧問　蕭顯忠律師事務所
出版日期　二〇一四年六月初版一刷
定　價　229元

總經銷　楨德圖書事業有限公司
地　址　新北市新店區寶興路45巷6弄6號5樓
電　話　02-8919-3186
傳　真　02-8914-5524

ALL

ABOUT

LOVE

A L L
A B O U T
L O V E